純粋の探究

ジャン・ジオノ［著］
山本 省［訳］

彩流社

目次

純粋の探究

平和主義者《パシフィスト》になるに足るだけの勇気を持ち合わせていないとき、私たちは兵士になる。平和主義者はいつでも孤独である。階級によって保護されることもないし軍団のなかにいることもないので、平和主義者はひとりである。口を開いて「私たち」と一人称複数形を使うなら、彼は「私たちは孤立している」と言うことになる。どこかのバスチーユ［国事犯が収容されていた牢獄で、フランス革命の発端となり、一七八九年七月十四日に解放された］からどこかのパンテオン［フランスの偉人たちが合祀されている霊廟］に向かう平和主義者たちの行進などというものはこれまで一度もなかったし、これからもそういうものは絶対にないであろう。平和主義者が隊列を作って通りを走ったりすることはないからである。

国家は総力をあげて兵士を保護する。兵士はドラドール［金糸を縫いこんだ織物］で飾られた野営地で軍隊の一員となる。その野営地で兵士になったことを誇らしく思うような兵士がいるとしても、実際のところ、兵士が飾られるのは金色の装飾やドラドールなどによってではないのである。兵士は自分が大多数の人々と同じ考えの持ち主であるということを確信している。多数に支援されていることが分かると、兵士の心は平静になることができる。兵士とはそういうものである。慣例を破るような何か斬新なことを自分から提唱できないとしても、兵士は安心するがいい。おののいたり、震えたりする必要はない。何世紀にもわたり、ありとあらゆる言語で書かれた万巻の書物が、彼はごく当たり前の慣例にかなっているだけであるということを証明してくれるはずである。世のなかの誰もが望むように、兵士にも偉大さが必要だというのなら、「身の丈に合った」偉大さが見つかるのは月並みという物差しのなかである。兵士には、万事が前もって用意されている。他の人間をどうしても追い越してしまうかもしれないといって震えている人物がいるなら、彼はもう震えたりせずに、兵士になってしまえばいい。あるいはもっと単純に、彼はなるがままに任せ、流れに身を委ねるがいい。ごく自然の成り行きで、彼は兵士たちの仲間に加えられるであろう。すぐさま彼はものものしい衣装とラッパをあてがわれるはずである。彼の装備のなかには元帥杖があるはずだ[実際にそうした棒があてがわれるわけではないが、ここでは将来の昇進の可能性が暗示されている]。それは人間の優越をあらわす二十センチばかりの公式の棒である。殉教者たちが襲われる眩暈《めまい》を防ぐための道具なのだ。それは下劣で卑劣なことを良心の呵責なしに平然とやってのけることを可能にする棒である。彼が戦争に参加するだけで万事がうまくいくだろう。無能な者も安心するがいい。彼だって、何かをやり遂げたかったのである(彼は自分が何かをやってのけたと他人に言ってほしいのだが、彼が何か目立ったことをする必要など、じつのところ、まったくないのである)。戦場では、彼は国家の救い主であり、未来の何世代もの子孫たちの父親である。つまり英雄なのだ。ここでは勝利あるいは敗北といった二者択一は存在しない。勝っても負けても、栄光が待っている。万事が歌われ、称揚されるのである。アウステルリッツ[ナポレオン軍がオーストリア・ロシア連合軍を破った地]にはじまり、最後の弾薬が格納されている倉庫にいたるまで。ひたすら立派な兵士であることが要求されている。そうすれば、間違いなく万事がうまくいく。これにまさるような素晴らしい保証はどこにもない。国を挙げて兵士は賞賛される。頭など悪くてもいいから、ともかく立派な兵士であることが求められている。それはすごいことだ！　卑劣漢でもいいから、立派な兵士でありなさい。それこそ素晴らしいことなのだ！　反対しないということだけで兵籍に加えられている良くもないし悪くもないお粗末な兵士がいる。フォークナーの物語のなかの人物のように、「どんな人間でも、舗道のまんなかで大きく口を開いている下水のマンホールのなかに転落するように、ついうっかりして無分別に英雄的精神に落ちこんでしまうようなことがある」[フォークナー『十三の物語』のなかの『勝利』からの引用]ものだということを発見する日にいたるまで、とりたててこれという波乱もない兵士の運命を彼は耐え忍ぶであろう。兵士という身分には、個人的な時間と呼ぶことができるようなもっと別の種類の瞬間がある。そういう時には、兵士はひとりきりであることを強いられる。自分の孤独と向き合うことを、それまで可能な限り兵士は先送りしてきたはずである。彼は部隊のなかで仲間たちとともに戦争に参加してきたが、今、彼は部隊のなかにいるにもかかわらず孤独で、ひとりきりになっている。まるで平和主義者のようだ。それは、戦闘を扱う物語のなかでは、兵士が歴史的な言葉を口にしたり、ほろりとして母親に呼びかけたりする瞬間である。この場面は終始悲しみに満ちている。油をたっぷり塗りつけた銃剣で突き刺され、自分の腹に穿たれた致命的な傷口から湯気で煙っている内臓が流れ出るのが見える瞬間である。その内臓は、まるで引き離された神のように、人間の外で生きようと試みているようだ。さらに、炸裂した砲弾が兵士の太腿を粉砕し、泥と化した彼の身体のまんなかで、大腿骨の動脈の明るい水源から血が噴出するのが見える時でもある。その時、兵士は自分の精神がぬるぬるした血液の泉のなかに滑り出ていくのを感じる。突如として、戦闘のさなかで、彼の個人的なドラマがこうしてはじまるのである。そのドラマにすぐさまひとりで立ち向かいたくないとしても、ある日、彼の場合のように、そのドラマは急に訪れる。水の涸れた貯水槽のように空っぽになっている彼の頭のなかで、彼がその真理を叫ぶにしても、鮮烈な映像とともにその真理が見えてくるにしても、いずれにしてもその瞬間に、彼は真理を知ることになる。しかしこのことは、戦争という遊戯にとってはもはや何の重要性も持っていない。この男が後ろ向きに歩くことなどもうできないからである。彼は引き返すことができない局面にまで進んできてしまっている。遊戯はすでにはじまっているからだ。戦争遊戯のすべては、兵士の脆弱さを前提として行われる。

人間は勇気ある行動を目指して努力するわけではない。人間は誰でも安易な行為に向かおうとする。人間の本性、それは勇気ではなく安易さにある。現代の大規模な探究は、こぞって生活の安楽を目指している。人間がもっとも安易なものに向かうのはごく自然の成り行きだからである。大勢の人間が集まっているところには、最高に安易な生活がある。勇気とは例外的なものなので、勇気はごく自動的に孤独へとつながっていく。勇気の周辺にはいかほど虚ろな空間が広がっていることだろう！　何百万もの人間で構成されている軍隊が勇気の化身だなどと主張するのは馬鹿げている。軍隊とは安易さの結果として成立しているものである。軍隊とは羊の群れであり、屠殺場でもある。そのような場所には、勇気のかけらさえ見当たらない。ライオンは群がって押しあいへしあいすることはない。ライオンの屠殺場は森のなかの地下室にある。ライオンが死ぬとしても、ライオン狩りをする人間を危険におとしいれてからのことである。しかも、時にはライオンが勝つことだってある。肉屋は羊たちの屠殺場からいつでも生きて戻ってくる。羊には勇気など具わっていないからである。

しかしながら、軍隊の諸活動を支えている動機を勇気と名付けるのは何かと都合のいいものである。テルモプライ［いくつもの戦闘が行われたギリシャの土地］、ワーテルロー［ナポレオン軍が致命的な敗北を喫した土地］の最後の方陣、ライヒショッフェン［一八七〇年の戦場］の騎士たち、ヴェルダン［第一次大戦の激戦地］、アルカザール［政府軍に抗して士官学校兵たちが防衛したトレドの宮殿］。このような場所で起こった出来事を、私たちはいつでもひじょうに遠くから眺めることになる。それらはあまりにも遠く離れているので、視覚に関するありとあらゆる錯覚がそこに紛れこんできてしまう。私たちに細かいことは何も見えないし、それぞれの場面で役割を演じている当事者に固有の仕組みも見えてこない。それは、その仕組みを動かしている無数の原動力が、夢や、個人的な幻想や、利己的な欲求や、自らの孤独な生活のなかでそれぞれの人間が採択してきた多種多様の絶望的な決断、こうしたものを養分としてそこから摂取していくからである。私たちには表面の泡立ちしか見えない。その泡立ちは軍隊の主導的で全体的な概念に奉仕しているはずだ、と私たちは想像する。それは、司祭のような眼つきで犠牲者たちの腹のなかの苦悶を見つめながら祭祀を取り仕切る者が、その泡立ちこそ自分たちの将来に捧げられているものだと想像するのと同じことである。沖に張り巡らされた大謀網《だいぼうあみ》がマグロやイルカたちのうねるような一群を入り組んだ海岸へと囲いこんでいくとき、神聖な激怒が、囚人と化した海面に泡立つよう働きかける。巨大な魚たちが絶望的な英雄精神を発揮して跳躍し、大気に噛みつく。自らの自由を勝ちとるために壮絶な戦闘を繰り広げる魚がいるので、魚たちの鰓《えら》から噴き出た血が、湯気を立て、狂ったように打ちつけられる鰭《ひれ》や尻尾のまわりに雨あられと降ってくる。しなやかな上半身を直立させ水のなかを波打って進むことが可能な肉体が、甲冑に具わっているような垂直の堅牢さを示すことも時としてある。そのあと、魚たちは水のなかに落下し、息を引き取る。直立し、空に向かったまま息絶えたのである。自らの肉体のありとあらゆる力を結集し、その力を最後の意思のなかにみなぎらせ、海面より上に跳躍し、太陽光線を浴びる魚もいる。そうした魚たちの全身が光り輝き、その口が開いている様子は、まるで壮麗な挑戦を叩きつけているように思われる。多くの魚の死骸が錯綜しているなかで、断末魔の魚たちは銛《もり》の鋼鉄や櫓《ろ》の木材に噛みつく。血の靄が広がり、大気は薄暗くなる。この途方もない活動によって引き起こされた海の息切れが静まるとき、最後の崇高な兵士が沖に向かってなおも叫ぶ。タールピッチでできたような長い髭が部厚い胸の上に落ちるがままに、その兵士は不公平な神に呼びかける。そして、彼はまるで塔のように、気品に満ちあふれた様相で崩れ落ちる。私たちは英雄たちの死に立ち会ったことになる。

これは死を相手に交《まじ》えられるごく単純な闘いである。これ以外の闘いは存在しない。高みから眺めていると、私たちはその闘いから自分に好ましく思えるイメージを自由自在に取り出せる。そこからやすやすとロランの歌［中世の武勲詩］を作りあげることもできる。しかし、真実はそれとは別のところにある。真実はきわめて些細な感情のなかに潜んでいるのである。この壮麗な喧噪のさなかにあって、真実は汚くて低俗で瑣末な事柄のなかに宿っている。闘いに関するいかほど高尚な精神よりも、その汚くて低俗で瑣末な事柄の方があなたにとってははるかに重要だということを、あなたが理解するのにそれほどの時間はかからないであろう。正当で精神的な必要性があるから展開していると思われていた戦闘の最中に、不意に、あなた自身と苦痛のあいだには、じつに不法なことなのであるが、きわめて簡単な闘いが設定されているということをあなたは感じとることができる。それは、あなた自身と生きる必要性との闘いであり、あなた自身と生きていきたいという要求との闘いでもある。すべて重大なことはそこにあるということをあなたは感じとってしまうのである。ごく単純にあなたが死ねば、戦闘も、祖国も、権利も、理由も、勝利も、敗退もなくなり、つまり、あなたは虚無に向かって苦しみながら努力するよう強いられているだけなのだということが分かってしまうのである。歴史的な出来事がどれほど栄光に満ちていようとも、その栄光に対する敬意の方を、消化器官の必要性に優先させるような出来事は存在しない。自分の肉体の苦痛を味わいながら歴史的な出来事を作りあげていく人物は、栄光に満ちていると形容されるような瞬間においても、天空を支配しているのは愚劣な行為でしかないということはきちんと心得ているものである。

ヴェルダンの砲弾の洪水のなかで兵士たちは持ちこたえている。私が知っている場所では、私たちは出ていくことがないよう憲兵たちに見張られていたために、私たちは頑張っていた。戦闘のまっただなかでさえ、憲兵の詰所には見張り役が配置されていた。それはタヴァンヌのトンネルの上にあった支援用の塹壕にいたときのことである。外に出ていくためには外出許可証が必要となる。馬鹿げてはいるが、事実はこの通りなのだ。いや、馬鹿げてなどいない。ただ恐ろしいだけだ。戦闘のはじめの方では、炊事当番兵たちが砲兵隊の警戒線を通り抜けることに成功したりすることもあった。しかし、いったんそこを通り抜けていっても、弾薬入れのなかを探り、そこから大尉の署名入りの許可証を取り出し、それを憲兵たちに提示する必要がある。公式の声明で英雄的精神がいくら称揚されようとも、戦場にあってはそれは念入りに制御する必要がある。私たちが戦場にとどまっているのは、私たちがそこから脱走しないよう注意深く監視されているからだと言うことができる。それでは、私たちが戦場におり、戦場にとどまっているからといって、私たちは戦っているのであろうか？　私たち兵士はまるで獰猛な戦闘員であるかのような印象を与えてしまうことがある。じつのところ、私たちは四方八方へと逃げまわっているだけなのである。小要塞となっている病院の砲兵隊と、奪回する必要のあるヴォーの要塞［ヴェルダンから八キロのところに位置する要塞。一九一六年六月九日、ドイツ軍に奪取され、同年十一月二日にフランス軍が奪回した」、両者のあいだに私たちはいる。十日前からこういう状態が続いている。毎日のように、病院の砲兵隊では、二列に並んだ土嚢のあいだで、脱走兵と呼ばれる兵士たちに対して裁判もせずに拳銃による処刑が即座に執行されている。兵士たちは戦場から出ていくことができないので、今では、彼らは戦場に隠れている。兵士たちは穴を掘り、地中にもぐり、穴のなかでじっとしている。もしも見つかると、兵士たちは砲兵隊のところまで連れていかれ、二列の土嚢のあいだで頭を撃ち抜かれる。間もなく、処刑される兵士のひとりひとりに憲兵が付き添うよう手筈が整えられるであろう。将軍は「彼らは持ちこたえている」と言う。パリでは、「ヴェルダンで持ちこたえている」という動詞をあらゆる時制とあらゆる人称で(「私は」という人称を含む)活用する準備おこたりない歴史家がいる。彼らは持ちこたえている。しかし、仮に私が将軍であるとしても、私は憲兵たちを廃止することもないし、病院の砲兵隊を指揮している第五十二歩兵師団の連隊長に寛容を勧めたりすることもないであろう。こうした状態が二週間続いている。炊事当番兵たちが戻ってこなくなって、もう一週間が過ぎた。彼らは夜の闇のなかに出ていった。それだけのことである。砂糖がコーヒーのなかで溶けるように、彼らは夜の闇のなかで溶けて消えてしまった。戻ってくる者はひとりもいない。彼らは全員殺されてしまった。間違いなく全員が殺害されたのである。兵士が出ていくたびに、いかなる例外もなく、毎回、毎日、例外なく同じことが起こる。もう出ていかないことにしよう。腹ぺこだし、喉も乾いている。向こうの地面に横たわっている死体が見える。腐敗し、蝿が無数にたかっているが、水筒と丸パンのついたベルトを締めたままだ。パンは針金に通されている。爆撃が静まるのを私たちは待っている。静まれば、あの死体のところまで匍匐《ほふく》していこう。彼の身体から丸パンを外そう。水がいっぱい入っている水筒も取ってこよう。他の水筒はみな弾丸で穴をあけられてしまった。パンは柔らかい。死体に触れていた部分を切り取るだけでいい。一日中、こんなことを私たちはやっている。こういう状態がもう二十五日も続いているのだ。ずっと前から、このような食料を持った死体はもうなくなってしまった。兵士たちは何でも食べる。私は水筒の革帯をしがんでいる。夕方になり、仲間のひとりが鼠を持ってやってきた。皮をはぐと、鼠の肉は紙のように白い。だが、あてがわれた肉片を手にした私は、何はともあれ、それを食べる前に夜の闇が訪れるのを待つ。明日まで生きのびていけそうだ。救援武器として先ほど届けられた機関銃が、四人の操作要員とともに、私たちの後方二十メートルのところで粉砕された。私たちはすぐさまその四人の兵士たちの雑嚢を回収しにいくだろう。彼らは砲兵中隊から派遣されてきたので、自分たちの食料を持ってきているはずである。私たちの右手にいる兵士たちが私たちより先にそこに行くようなことがあってはならない。彼らもまた自分たちの穴のなかから見張っているはずだ。私たちも見張っている。重要なのは、四人の兵士が死んでいるということである。彼らは確かに死んでいる。ありがたいことだ。こんな状況がすでに三十日も続いている。これがヴェルダンの大戦闘なのだ。世界中が私たちの動静に目を凝らしている。私たちにはものすごい心配事がある。征服する？　抵抗する？　持ちこたえる？　与えられた義務を果たす？　そんなことではない。私たちにとって必要なことを行いたいのである。穴の外は、砲弾の洪水だ。じつに単純なことである。一分ごとに、一メートル四方ごとに、ありとあらゆる口径の砲弾が落下してくる。穴のなかに潜んでいる私たち生き残りは九人である。そこは避難所ではないが、私たちの頭上の四十センチばかりの盛土とその上に置かれている丸太は、私たちの目の前で恐怖を防いでくれる庇《ひさし》のような役割を果たしている。世界中の何物といえども私たちをそこから追い出すことはできないであろう。しかし、私たちが食べたもの、食べているものが、一日に何度も私たちの腹のなかで目を覚ます。私たちは欲求を満たす必要がある。私たちのうちのひとりが必要に迫られて穴の外に出た。二日前から彼は私たちの三メートル前にいる。ズボンをずり下ろしたまま、彼は死んでいる。私たちは紙を使って必要なことを行い、その紙を前に投げる。大切に持ち運んでいた古くなった手紙を使って私たちは排泄した。普段ならすし詰めの状態で三人収容するのが精一杯の空間に、私たちは九人もいる。私たちはいささか密集しすぎている。私たちの脚と腕は互いに絡まり合っている。ひとりが膝を折り曲げようとするだけで、私たち全員は彼が膝を曲げられるように身動きしなければならない。私たちの避難所の大地は私たちのまわりで絶えず震えている。絶えず、砂利や埃や破片が、外の世界に向かって開けている方角で喘いでいる。戸口のような開口部の近くにいる兵士の顔と手には無数の小さな引っかき傷がある。いつの間にか、私たちには砲弾の破裂する音さえ聞こえなくなってしまっている。砲弾が到着する衝撃しか聞こえてこない。それは途絶えることのない槌の音である。私たちが身動きもせずに穴のなかに閉じこもっているのはもうこれで五日になる。私たちは今ではもう誰も紙を持っていない。私たちは雑嚢のなかで用を足し、それを外に放り投げる。自分の腕と他人の腕のもつれを解きほぐし、自分のズボンを下ろし、仲間の腹の上に載っている雑嚢で用を足す。終わると、汚れた雑嚢を前の兵士に渡し、その兵士はさらにそれを他の兵士に渡す。そうして雑嚢は外に投げ捨てられる。さらに七日目になる。ヴェルダンの戦闘は続いている。戦闘はいっそう英雄的になっていく。私たちは相変わらず穴から外に出ることができない。私たちは今では八名になってしまった。戸口の前にいた兵士は、弾丸の大きな破片によって殺された。穴のなかにすっぽりと入りこんできたその破片は、彼の喉を切断した。出血多量で兵士は死亡した。私たちは彼の死体で戸口を塞ごうとした。それで何とかうまくいった。この区域で数時間前から集中的に行われている接地掃射を思わせるような射撃のために、私たちの頭上には弾丸の破片が雨あられと降ってくる。戸口を塞いでくれている死体に破片があたる音が聞こえる。頸動脈を切られた豚のように死体から血が流れ出たにもかかわらず、死体が破片を受けるたびに、その傷口から血が流れ出る。十日以上前から、私たちの誰ひとりとして銃も、薬莢も、ナイフも、銃剣も持っていないということを私は言い忘れていた。しかし、私たちはとどまるところを知らないこの耐えがたい必要性にいよいよ切実にさいなまれている。それは私たちを苦悶させる。とりわけ、飢餓感を鎮めるために、小さな土団子を飲みこもうとしてからいっそうひどくなったし、さらに、その夜、雨が降ったので、四日間も水を飲めなかったこともあり、入口の丸太を伝って流れ落ちてきた雨水を舐めてからいよいよ激しくなってきた。さらに入口を塞いでいる死体の下から流れ落ちてきた水まで口にしたのだった。私たちは手のなかに排泄している。私たちの指のあいだを流れ落ちるのは赤痢菌だ。それを外に投げ捨てることなどもうとてもできない。穴の底にいる兵士たちは手を側面の土で拭う。入口の近くにいる三人は死者の衣服で手を拭っている。こういう状況で私たちは自分が血を作っていることに気付く。それは濃厚だが、断固として鮮紅色の血である。血は美しい。死者の衣服で手を拭った件《くだん》の兵士は、死者が血を流しているとまず考えた。しかし、美しい血に気付き、彼は考え直した。この死体はすでに四日にわたり入口を塞いでいる。今日は八月九日だ。死体はすでに腐敗しはじめているのがはっきりと見てとれる。その兵士は右手で用を足したのだった。左手を後ろにまわして尻に触れてみた。戻した手はやはり鮮血で覆われていた。この日のうちに、私たちは全員、自分が血を排泄していることに次々と気付いていった。そこで、私たちは思い切って自分のいる場所で、下に向かって排泄した。ずっと前から私たちは武器を持っていなかったということはすでに書いた通りだ。しかし、私たちはみなブリキコップを装備の革帯に装着している。つねに燃えるような喉の渇きに苦しめられているので、私たちは時には自分の尿を飲む。これが例の素晴らしいヴェルダンの戦闘［一九一六年二月から十二月まで続いた激戦］なのだ。

二年後、ル・シュマン・デ・ダーム［一九一七年四月から五月にかけて戦場となった土地。ジオノは二年後と書いているが、正確には一年後のことである］において、私たちは同じような汚辱にはもう耐えられないといって反抗することになるであろう（その時点で、穴のなかにいた八人の兵士のうち生き残っていたのは私ひとりだけだった）。立派な動機があるわけではなかった。戦争に反対したわけでもなく、大地に平和をもたらしたいと思ったわけでもないし、ましてや秩序を取り戻そうなどという立派な言葉を使ったわけでもなかった。ただたんに、自分の手のなかで排泄したり、自分の尿を飲んだりすることにはもう耐えられなかっただけのことである。それはきわめて単純なことだ。軍隊の奥底で、兵士のひとりひとりが耐えがたい不浄に触れざるをえなかったからである。

将校たちも含めて、四つの大隊が反乱を起こした。私たちは森のなかにいる。私たちはパリまで歩いていこうとほぼ決める。あるいは少なくともパリに行こうと決めた。下の谷間には鉄道と駅がある。機関車の操車場から煙があがるのが見えている。あの駅は反乱を起こしている大隊のものである。ともかくパリに行く必要がある。何の用事があるのだろうか？　用事など何もない。私たちは誰かに反抗しているわけではない。醜悪なものに反抗しているだけである。何か大切な思想があってそれを守るために反抗しているわけではない。気高いものを守るための反乱である。気高いものとは、ここでは自然と生命である。つまり、生命が反乱を起こしているということになる。やめよう。やはり、パリには行かないことにしよう。この反乱は森のなかで行うよう運命が望んでいるのだから、私たちは森のなかにとどまろう。こうして、将校たちを含む四つの大隊の兵士たちは二日にわたり森の葉叢の下で暮らすことになった。私たちがパリに行かなかったのは、森のなかにいると、自分たちに何が欠如しているかということがただちに分かったからである。何故私たちが反抗したかということや、私たち全員がきわめて自然の成り行きでいわゆる義務にもまして好んだものは何だったのかということや、何故私たちが戦列に加わることを拒絶したのかということなどを考え合わせてみると、私たちに欠如していたのは森林や、生命や、樹木や、草や、木陰だったということが一挙に見えてきたのだった。このような並々ならない祖国の真実をないがしろにして、司令部や哲学的な命令といえどもいつまでも私たちを統御し服従させ続けるのは不可能である。あの一九一七年の反乱についてもうひと言付け加えておこう。反乱の主導者たちは、あの反乱は流産したものと見なしていた。事実、夜のあいだにセネガル狙撃兵たちに包囲された私たちは、朝になると逮捕されてしまった。午後二時には人数の確認が行われ、その翌日の朝六時に、適当に選ばれた三百人が裁判もなしに銃殺されてしまった。何故、三百人だったのだろうか？　私たち全員を銃殺できなかったからである。何故、全員を銃殺できなかったのだろうか？　この三千という数字を前にするとき、最高司令部の無意識がほとんど意識的なものになってしまうからである。そうではない。最高司令部の無意識つまり安全性を求める気持が、恐怖に移り変わるからである。一挙に三千人を銃殺させる責任など、誰も引き受けたくない。しかしながら、三千人というのは、まだまだ少ないのである。三千人を銃殺するという責任をとろうとしないその人物が、レ・ゼパルジュ［激戦が交わされたヴェルダン近辺の村］の某地点を奪回するためになら、一万人を殺害するという途方もない責任をあっさり引き受けてしまうのである。しかしながら、祖国という概念の特権、義務の特権、軍隊における勇気の特権、こうした特権があれほど激しく正面からの攻撃を受けたことはそれまで一度もなかった。そして私たちは敵を前にしている。さらに、私たちは服従を拒絶した［ジオノはすでに『服従の拒絶』というパシフィストとしての作品を一九三七年に発表している」のであり、私たち全員を死刑に処すことができる軍法会議の法律の条項がある。何故、私たちは全員処刑されないのだろうか？　誰もあえてそこまでやろうとはしないからである。私たちが三千人もいたからである。物質的な観点から少し考えるだけでも、三千人の処刑は深刻な問題を引き起こすことが予想される。法律に従えば（反逆者たちに対しては、法律に従うことがきわめて重要なのである）、少なくとも千程度の銃殺執行集団を組織しなければならない。つまり一万二千人の兵士が必要である。間違いのない一万二千人の兵士が必要だ。見せしめに処刑される三千人が処刑を執行する一万二千人にいかなる共感も惹き起こさないだろうということが確実に分かっている必要がある。だから処刑のための下請け業者のような人たちを探さねばならない。（さらに、互いに食い合うことがありうるこの軍隊では、兵士たちを厳しい純粋さを具えた平和主義に急に接近させたりすることもありうるかもしれないという可能性を別にしても、そうした専門家たちをぜひとも探す必要がある。）処刑を実行する場所が必要だし、不幸なことに、こういうことが言えると思うのだが、処刑は「重要な意味を帯びる」のである。平凡な場所でさえ恐ろしい場所に変貌してしまう。その処刑がより「広い場所をとれば」、それだけいっそうその場所は忘れがたいものになるであろう。その処刑はいっそう（はっきりと表現してみよう）「大がかりな」ものになるだろう。大がかりな出来事はじつに厄介である。そうした出来事が過去の事実になり、時の経過とともに遠くから眺めるようになっても、それが視野から消え去るようになるまでには何世紀もかかる。さらに、そうした出来事は、山と同じように、風の力を弱めてしまうことがある。そしてすっかり手なずけてしまった風を、その処刑が行われた場所に勢いよく吹きこませてみたりするのである。

それは誕生の地点、水源地、種子を蓄えている屋根裏部屋、倉庫などと形容することができる場所となる。そこに積み重ねられている魔力を秘めたあやしげな収穫物は、暗闇のなかで、群衆とその物静かな食欲を満足させる用意をすっかり整えている。戦場においてそれぞれ三千人を一挙に処刑してしまった千の処刑場[ここでジオノは戦死を処刑と形容している]は、そうした場所とは趣を異にする。戦闘で銃殺された三千人を埋めている墓地も、そうした場所とは違っている。その墓穴は、そのような場所ではない。墓穴でさえ、そうではないのである。反抗したために処刑された三千人が埋まっている墓穴は、通常の墓地とは比較できないほど危険であり、そこにはフランシスコ修道会に特有の惨めな光が煌々と輝いているのである。

そうではない。私たちがいかなる方向を向こうとも、この三千人の死者たちはいつでも私たちを取り囲んでいるだろう。死者たちの生命は永遠なのである。私たちが課そうとした罰、その罰は最終的には私たちに降りかかってくる。黄金色の楢の葉を常食としてきている[将軍がかぶっているケピ(庇のついた円筒形の帽子)が黄金の楢の葉で装飾されていることへの言及]ために気が狂ってしまっている将軍は、私たち反逆者を全員ひとまとめにして機関銃で殺してしまおうと提案するだろう。しかし、反逆者たちに対して法を適用しないことほど軽率なことはない。ポワンカレは将軍にそのことを厳しく言い聞かせる。法学者であるポワンカレは、法律だけが理性に似通っているものを提供してくれるということを理解している。何としても法律を適用する必要がある。法律に照らし合わせれば、銃殺する人間としては十二名が必要で、処刑される者は銃の前に同時に三人以上いてはいけない。法律だよ、将軍殿。一隊を三人とすると、百の小隊ができることになる。百隊なら隠せる。それら小隊を周辺にまき散らすのだ。ランスとソワッソンのあいだには千二百人の憲兵がいる。計算はこれで充分だよ。国家の責任者であり、黄金の楢の葉など食べたことのない「国家権力を笠に着たりしたことのない」私には、君たちには見えないものがはっきりと見えている。つまり、今回のこの仕事には、職業軍人でないような兵士を雇うことはできないのだよ。ああ！　まさにこの通りだ。私たちには、本物の軍人が、つまり職業軍人が必要なんだ。それは職務の遂行と引き換えに報酬を受け取る軍人だよ。憲兵たちが、自分たちに割り当てられる三人の死刑囚を受け取るために、十二人ずつ小型トラックに乗って駆けつけるだろう。君たちの部隊には、車の運転ができる憲兵は充分に配属されているかい？　私には列車の運転手も何もいらない。憲兵たちがいればそれでけっこうだ。処刑の場所については、彼らが気にいったところを選べばいい。どこでもいいんだよ。このことを暴露するのは厳禁だ。死体はその場で埋めろ。できるだけ茂みの中がいい。万事を消してしまうんだ。この通りにやれ。これが指令だ。命令だよ！　君たちが「消えた」という言葉を使って家族にこのことを教えるんじゃないかと、私は今自問しているところだ。これはあまりにも名誉ある言葉だと君たちは言うだろう？　処刑者たちが受ける死を言いあらわすには、あまりにも名誉ある場「戦場」だよ。その通りだ。だが、それはそれで致し方ない。事実、彼らは死んでから恥辱を受けることはないであろう。それは遺憾なことだ。とても遺憾だ。しかしそれは遺憾でしかない。一方、露骨に、横柄にと言ってもいいような態度で、私たちが普段やっているように、家族にこのことを教えたりするのは、そして私は、将軍殿、あなたの考えに賛成なのだけれど、規律で満たされたやり方をずっと続けていきたいのならやることは決まっているように、銃殺刑のことを公然と発言するのは、今となっては、軽率だし、よくないことだし、じつに危険であると私は考えている。私が今言っていることをしっかり理解しておくんだ。そんなことはしないで、万事を消してしまうのだよ。例えば、ベリ＝オ＝バックからラ・ポンペルの要塞にいたる空間を百の小隊に提供するがいい。そこには大地の奥の方も含まれている。もちろんのことだが、村から遠く離れた空間だよ。そこで処刑される者たちは消えていくことになる。すべての小型トラックは彼らの兵舎に遅くても正午には戻ってほしい。処刑される兵士は無作為に選ぶがいい。あの兵士ではなくてこの兵士が選ばれる理由など何もない。この偶然には、どう言ったらいいのだろうか、将軍殿、神慮のようなものが関わってくると言えそうだ。これは想像力に衝撃を与えるだろう。選から漏れる者たちは、そのことをよく記憶しておくがいい。

この通りである。

しかし、ここでは感傷的な想い出を問題にしているわけではない。

兵士に科されるこの処刑が悪の諸要素を取り除くことを狙いとしているのなら、三千人の男たちを最後のひとりにいたるまで、誰ひとり除外することなく銃殺すべきである。処刑を免れた最後のひとりが種子の役割を担い、新たな反乱の引き金となる可能性があるからである。家族が悲嘆にくれるなどということはないし、何かを隠蔽するといったことも話題にならない。哲学的に、論理的に、法律的にも、道義的にも、戦争は、今回の戦争は必要なのである。これは権利と自由を確保するための戦争なのだ。この戦争は自然であり、将来の何世代もの人々を救うだろう。だから、服従を拒絶する者は徹底的に抹殺してしまおうとする動きを妨げるものがあってはならないのである。服従の拒絶は、戦争のたびに発生する病気である。次のような、家と殺人者についてよく用いられるたとえ話がある。あなたが自分の家にいると、殺人者たちがやってくる。あなたは彼らをすべて殺害する。よくやった。あなたはわざと種子になるような要素を残したりしない。また、社会が殺人者たちを逮捕する場合には、社会は彼らを死刑に処す。それは報復するためではない。社会は報復したりしない。自分を防御するためにそうするだけである。社会は自らを防御する。社会は悪を抹殺する。国家の存在にとって戦争は必要である。戦争は絶対に必要であり、国家の死活問題に関わっている。戦争を殺害するおそれのあるこの三千人の人物たちは、それ故に、殺人者だと形容することができるのである。国家は彼らから自らを防御しなければならない。いや、そんなことは不可能である。私が不可能と言うとき、この言葉は正確である。何故なら、ここには明白な事実があるからである。三千人を銃殺できなかったのは、ポワンカレである。それが慈悲の気持からだったなどということは誰ひとりとして一瞬たりとも思わないであろう。それを決めたのはポワンカレだったからである[一九一三年から一九二〇年までフランスの大統領を務めたレモン・ポワンカレは、国粋主義的で冷酷な心の持ち主だと考えられることもある」。つまり、ポワンカレがそうしなかったのは、それが必然的に不可能だったからである。それでは、突如、急激に、これらの三千人の男たちからどのような力が湧き出てきたのだろうか！　私は力が湧き出てきたと言ったが、まさにその通りなのである。しかし、落ちついて、冷静に思い返す必要がある。三千人全員が銃殺されることはない。三千人のなかから選ばれた三百人だけが銃殺される。首謀者たちはそこには入っていない。首謀者たちは銃殺されない。責任者たちもそこには入っていない。彼らは三百人が選択された現場にはいなかった。彼らは参謀本部にいた。三百人は無作為に選ばれた。十分の一しか抹殺しないのだから、災禍が根絶されるわけではない。つまり、それは報復である。そうではない、とポワンカレは言う。将軍たちも、そうではない、社会が報復することはない、あれは見せしめだ、と言う。私たちは見せしめを行っただけだ。もしもあなたたちが私たちに従うことを拒絶するなら、もしもあなたたちが私たちが築き上げてきているこの戦争という建造物を破壊しようとするならば、あなたたちにどういう運命が待っているか、はっきりと見せてあげようとしたのだ。よく見ておくがいい。あなたたちは目隠しされ、柱に縛りつけられ、身体に十二発の銃弾を受ける。こういうことだよ。しっかりと肝に銘じておくんだな。了解した者たちは敬礼するがいい。私も君たちの仲間だ、ということは私にも分かっている。私たちも敬礼を返し、恐怖に青ざめて兵舎に戻る。

それに私たちは処刑の現場を見たことがない。処刑は人目につかない隠れた場所で行われるからである。しかし、処刑される者を選ぶ手が私たちの胸の前を無造作に動くのを私たちは見た。曹長の腕の表面にごく小さな痙攣が走り、彼の手が私たちの前で動きを止める。そして「前に出ろ」という声がかかるだけである。選ばれた三百人の仲間たちが、銃剣を装着した銃を持つセネガル狙撃兵たちに囲まれて出発していくのを私たちは見送った。それがどういうことを意味するか私たちには分かっている。そのあとどうなるか私たちは容易に想像できる。それは何度も目を大きく見開いて目撃してきたことだ！　目に見えるし、耳にも聞こえてくる。

夜の帳《とばり》が下りる。私たちが反乱を起こしてから二度目の夜だ。私たちは藁のなかに横たわっている。沈黙の奥底で、遠くから、叫び声が聞こえてくる。遠くからだが、男たちが叫んでいるのが分かる。私たちは息を凝らして耳を傾けている。誰かが咳払いをして、しゃがれたままの声で言う。「あれは仲間たちじゃない。砲兵たちがへべれけに酔っているんだぜ。」夜が明けると、外は静まりかえっている。そして、指揮する者たちがやってくると、私たちは服従を示すために、まるでひとりの男のように、みな一斉に立ち上がった。ポワンカレの判断は正しかった。国中の新聞という新聞には、軍隊のなかで育成された立派な兵士が恐れるものは何もないと書かれている。政府公認の詩人たちは、あらゆる年齢の人間の心の奥底に耳を傾け、伝説的な英雄たちの反響をそこに聞きとる。そうした英雄たちと私たちを比べたりするのである。アキレスはすでにあまりにも小さくなっている。半神たちは私たちのベルトのあたりまでの背丈しかない。国家は巨大な神々の軍団に守られている。新聞には奇蹟が満載されている。ロモランタンの錠前屋や、ケラスの農民や、マルセイユの船乗りや、その他どのような男たちであろうと、空前絶後の英雄として次々に取りあげられていく。いたるところに偉大な魂がある。死者たちでさえ死んでいないのである。私たちの仲間の死者たちだって、もちろん、死んではいない。何故なら、敵陣の兵士たちは、じつに不思議なことだが、ちょっと触れるだけで、すぐに死んでしまうからである。見つめるだけで、彼らは死んでしまうのである。いったん死んでしまうと、彼らは本物の死者たちよりももっと死んでいることになる。敵方の野営地の兵士たちは、生きていてももう死んでいるのも同然である。しかし、私たちの死者たちは、死んでいるにもかかわらず、ずっと生き続けていたりするのである。死者たちよ、立ち上がるのだ！　こう声をかけると、彼らは起き上がる。素晴らしい勇気だ！　兵士は国家のなかでもっとも高潔な人間の典型である。その通りだ。事実、私たちは甘ったれた洟垂《はな》れ小僧とは程遠い。私たちは、レ・ゼパルジュやヴェルダンで戦ったし、ニヨンを奪還したし、サン＝カンタンの包囲もやってのけた。ソムではイギリス兵たちと共同で戦った。つまりソム以外ではイギリス兵の援助なしで戦ったわけである。ル・シュマン・デ・ダームではニヴェルの白昼戦という激戦を戦い抜いてきた。まさしく魔法の神々を彷彿させる獅子奮迅の働きだった！　私たちについて神々を思わせるような記事を何ページにもわたって書くくらい簡単至極なことだろう。本当に私たちは恰好の題材だった。ジークフリートのように、戦闘の風が私たちの髪の毛をなびかせる。まさに勇士そのものである。偉大な騎士の魂を持っている私たちは、寡婦や孤児たちの守護神となる。聖人でもある。ステンドグラスに描かれている聖人同様の存在になる！　それ以上だ！　聖人をも凌駕する存在になってしまう！　青年たちはみな聖人になりたがる。当時、私は二十二歳だった。誰だって、自分がもっとも偉大でもっとも寛容な人間だと思いこまなければ、青春期を生き抜いていくことはできないであろう。ところが、私たちは意気地なしになってしまっていた。私は二十二歳だった。自負心は喪失し、自分を偉大だと思う気持はなくなってしまっていた。「砲兵たちがへべれけに酔っているんだ」と思うしか能がなかったが、夜の闇のなかで叫んでいるのは砲兵たちではなく、私に駆けよってきて助け出してほしいと叫んでいる仲間たちだということは分かっていたのである。恐怖。兵士は恐怖におののいている。二十二歳の私は恐怖におびえていた。銃殺刑用の柱、紐、目隠しの布を私は恐れている。青春の喜劇を演じ続けることはもうできなくなってしまっている。一撃のもとに、私は年老いた奴隷になりさがってしまった。物語を自分自身に語ることさえできなくなってしまっている。一九三九年には、若者たちの多くは絶望していると私に言っていた〔一九三五年から一九三九年まで、ジオノは愛読者たちとともにル・コンタドゥール高原で一種のキャンプ生活を年に二度行っていたが、そこには多くの若者たちが参加していた〕。絶望するというのがどういうことなのか彼らは理解していない。それこそ絶望的なことである。それは希望を持ち続けるためのありとあらゆる優れた素質を喪失してしまっているということである。水を持ちこたえることができない砂が水を通過させてしまうように、希望を抱くだけの価値を持ちあわせていない人間になりさがってしまっているからである。二十二歳にして早くもそうなってしまうのだ！　私たちや処刑される者たちに、卑劣な嘘をつくために口をきいた兵士もまた（彼を非難するためではなく、彼に同情するために、私は卑劣なと言っている）、二十二歳か二十三歳くらいの年齢だったのである。彼が話したとき、藁のなかに倒れこみ、そのあとは何に対しても耳を塞いでいたそれ以外の者たちも、二十二歳、二十六歳、二十七歳、あるいはせいぜい三十歳くらいの若者だったのである。柱、紐、目隠しの布。兵士が抱く恐怖の要素はいたって単純である。

★

青年にとって、さらに人間にとって、冒険がどれほど必要なものであるかということを私以上に深く認識している者はいないであろう。冒険は、生きていくためにどうしても必要である。このことを忘れてしまっているために、現代人はこんなにも激烈に自分の若さを喪失してしまっているのである。人間は、今日、まるで手術台に載っているような具合に、人生に縛りつけられている。人生における冒険、そういうものを人間が体験するということはもうなくなっている。眠った状態で冒険を耐え忍んでいるだけである。意識を失っている者に特有の動作や呻き声しか、人間はもう持っていない。自由や広い空間に対する審美眼、人間がそうしたものを自分の口や肺のなかに今でも相変わらず持ち続けているのは、そうした審美眼は人間が死ななければ死滅することができないからである。しかし、人間の筋肉や神経のなかにはもう反発する力が残っていない。隷属状態の人間は長々と眠っているだけだ。そして、自分が出発していくように感じるとしても、霞《かすみ》でできた亡霊が彼の代わりに出かけていくだけのことである。彼がどういう状態に置かれているかと言えば、中し分のない彼の肉体、彼の血液、まだ愛することができる彼の心、こうしたものが外科医の血まみれの手の下で、手術台の上に縛りつけられているのである。青年たちが今でもなお戦争を容認するのはこういう事情があるからだ。政治的な外科手術から、青年たちはいかほどの犠牲を払ってでも逃げ出さねばならないのである。それは魂にとって狂おしいまでに必要なことだ。残忍なほど青い目を具えている少年たちのあいだを戦争が、簡単に受け入れてもらえる夢のような表情をして、楽々と歩きまわっているのはそのためである。青年たちは空疎な愛国的な言葉を連ねて満足しているのであろうが、じつのところ彼らには、戦争がその右手に持っている剣が見えていない。自由で緑色の冒険の可能性を揺り動かしている左手が見えているだけである。戦争のこめかみに巣くう蛇たちがたてるしゅうしゅうという音を聞いても彼らは戦慄に震えることもなく、戦争の髪の毛を覆うベールを膨らませている風の深遠な唸りにうっとりと聞き惚れるばかりである。

必要なのは冒険である！

しかし、平和を目指すための冒険は、戦争における冒険よりもいっそう偉大である。人間を殺すよりも、子どもを作る方がより多くの男らしさを必要とする。

冒険とは、男性的な力を発揮して行うものである。武器の男らしさを考案した人たちはこのことを心得ている。しかし、武器を持っているから男らしいと考えるのは、自分が無力なのを白状するようなものである。男らしさは自分自身のなかにしか存在しない。自分の外部に男らしさを見いだそうと努めることは、自分が男らしさを所有していないと白状することに他ならない。そして、戦争をするにあたっては、男らしさなど持たないことが必要である。戦争というものは、人間が考え出したさまざまな事業のなかで、男らしさをもっとも必要としない事業なのである。戦争は、最高責任者が発信する命令や命令の取り消しに対する受動的で絶対的かつ無限の服従に基礎を置いている。戦争に参加している者たちが自分たちの自意識や自由や自由意志を、戦争を誘導している者たちの手に委ねるという状況のもとでのみ、戦争は実現する。戦争に参加している者たちが柱や紐や目隠しの布に震えあがってしまうほど臆病でだらしないという事実があってこそ、はじめて戦争は続けられ、そして完成されていく。そうした臆病な人間たちの目の前で、見せしめにするために切りつけたり殴ったりする。「さあ、もうこれでお前たちは服従するか?」こう言って、囲い込まれた人間たちは追いつめられる。罰をちらつかすことによって押し付けられる服従、こういうものは男らしさと何らかの関係があると言えるだろうか? 戦争はいつでも、老人や資本家や政治家によって構想され、準備され、その幕を切って落とされる。つまり、自分が失ってしまった男らしさを後悔している男たちによって戦争が行われるのは明白な事実なのである。戦争を説明するための、それ以外の一見したところ高尚な動機はすべて付随的なものにすぎない。本当の動機、それは楽しむことにある。指揮権力の所有を楽しみ、邪魔するもののない全面的な支配を楽しむことにあるのだ。その楽しみは、自分の力を喪失してしまった老人の凄まじくもあり不条理でもある快楽へと発展していく。老人は国家のありとあらゆる権力を操作することができるだけでなく、そうした権力のすべてを思うがままに自分に奉仕させることさえできるようになる。つまり、財政の遊びを楽しみ、地位の力強さを味わい、屈服させ、征服する。政治家たちを形容するのに「名誉ある」という言葉を使うことができるとすれば、最高に名誉ある政治家たちは自分たちが中枢にいる人物であるという観念を楽しむことができるわけだ。こうしたことは若者たちとどのように関わっているのだろうか？　若者たちがこの遊び［賭け、ゲーム］から引き出せそうな配当金はいかほどのものであろうか？　望めそうな利益は何もない。若者はただの一サンチームでも扱えるような資本家ではないし、かりに政治家であるとすれば、自分たちが進んでいる道に屠殺場のように猛烈な悪臭が漂っているのを嗅ぎ取り、いち早く別の目的地にたどり着くような道路を選ぶであろう。しかし若者は新鮮で力強い。その溌剌とした態度は限りなく醜いものでも美化してしまうし、その活力は自分に対する確信に満ちあふれているので、その精力を他のものに盲滅法にぶつけてしまったりすることもある。事実、平和を目指すための冒険が若者に隠されているなどということはありえない。生まれつき具わっている男らしさのおかげで、暗雲たちこめる雨嵐のなかでさえ、若者はその冒険を発見するだろう。いやいや、その冒険は若者から隠されているわけではない。若者から冒険が遠ざけられているだけのことである。若者はその冒険を欲するようになる。冒険は誘惑の役割を果たす。最初に耐えしのばねばならないいくつかの試練の向こうで、冒険は輝いている。愛すること、生きていくこと、もちろんこれは重要なことだ。しかしそれは後のことである。まず取り組まねばならないのは戦争である。自由であること、若いということ、高貴であること、強いということ、もちろんこれは大切なことだ。しかしそれは後にまわそう。まず手をつけねばならないのは戦争なのだ。

戦争を体験しないかぎり、君たちは自由自在に若く、自由自在に男らしくなることはできない。今君たちが置かれている隷属状態は、戦争の準備、戦争の探究、戦争の構築、所有することを欲している無能力者たちを支えるための努力、こうしたもの以外の何物でもない。ところで、今君たちが置かれている隷属状態から君たちを解放してくれるのが、戦争なのだ。戦争は平和を保護し、平和を構築し、君たちの自由を構築し、君たちの青春を構築する。戦争の冒険を体験することは、平和を目指すための冒険を準備することである。あらゆることが戦争の冒険の向こうで君たちを待っている。

しかし現実には、戦争の向こうで君たちを待っているものは何もない。戦争の向こうには何もないのである。君たちはごく単純に「奉仕する」だけである。戦争が保護するのは戦争だけである。戦争が作りだすのは戦争だけである。真実は極度に単純である。精神の狼狽の度合いは、きわめて単純な真実を繰り返し言うことの必要性と釣り合っている。戦争は、じつに単純なことに、平和の対極にある。戦争は平和の破壊を意味する。破壊行為は、破壊する対象を保護することはないし、それを構築することもない。君たちは戦争によって君たちの自由を守るつもりなのだろうか？　戦争は、ただちに、君たちの自由の全面的な喪失を意味している。自由の全面的な喪失が、どうやって自由を保護することなどできるだろうか？　君たちはずっと自由のままでいることを望んでいるのだが、君たちはただちに服従しなければならない。君たちが絶対に勝利を得ようと望めば、君たちは絶対に服従しなければならないからである。君たちは、それは勝利を獲得するまでの束の間の服従だと私に言う。言葉は安易に信用してはいけないよ。いったい誰の勝利だと君たちは言うのかね？　君たちは隊列を組み足並み揃えて行進し、「頭《かしら》右」の動作を行い、武器を勝利の門［凱旋門］の下にいたるまで掲げ続けることになるはずだ。そういう君たちの勝利だとでも言うのかい？　とんでもない。君たちが武器を掲げている相手、「頭右」の号令に合わせて君たちが敬礼している相手、こういう人物たちのための勝利だよ。君たちは戦争によって君たちの自由を守った、君たちは自由の戦争に勝ったなどと言うが、実際には、君たちはこれ以上は考えられないないほどの全面的服従の状態に置かれている。君たちはそれは「束の間の」服従だと言うが、その束の間の服従を誰が終息させると言うのだね？　服従を終息させるのは君たちではない。何故なら、君たちはもう自由ではないのだから。君たちの上官たちの善意がそれを終息させるのだろうか？　ところで君たちは自分たちの自由が上官たちに従属していることを容認している。そして、その自由が従属しているのなら、君たちにはその自由を守れるはずがない。君たちは避けようとしていた危険のただなかに落ちこんでしまっていることになる。それ故に、戦争は自由を守ることなどできないのである。戦争は戦争そのもの以外の何物も守ることができない。そして、戦争が君たちに柱や紐や目隠しの布を見せつけるとき、戦争はひたすら自分自身だけを守っているのである。

　あらゆる総動員令の初期にあっては、発表される戦争はいつでも理にかなっている［ように思えるかもしれない］。参戦を拒否する者たちは、歩いて前進することを拒否しているように見える。しかし実際には彼らだけが後退することを拒否しているのである。帝国を豊かにするために、精神的な豊かさを増やすためにということを口実にして戦争を利用すること、それはすべての側面でいっそう貧しくなることに他ならないからである。生の哲学から身を守るために戦争を利用するのは、その哲学を採用することになる。君たちがその哲学に対抗するのに戦争に頼るしか方策がないほどまでにその哲学が危険なものになってしまっているとすれば、その哲学の形態が君たちに押しつけてくる危険をその哲学そのものに押し返すためには、その哲学の形態そのものを採用するしかないからである。戦争によってファシズムから身を守ろうとすると、ファシズムを作りだすことになる。戦争によって自由を守ろうとするのは、自由を廃棄するに等しい。自らの自由を守るために戦争の準備を整える必要があるという口実のもとに、毎日のように自由を制限し、次から次へとさまざまな自由を失っているこの国［フランス］において、このことをもう一度証明してみせる必要があるのだろうか？　戦争は、さらに戦争の準備でさえ、無能な者たちが受け持つ作業である。君たちが守ろうと願っているものを、君たちはすぐさま失ってしまうであろう。おまけに、君たちが戦争しても、獲得できるものは何もない。あらゆる戦争は、これまで何の意味もなく行われてきたのである。

戦争の向こうはどうなっているのだろうか？　君たちにそれを語るだけの大胆さを首謀者たちは持ち合わせているだろうか？　生命を養うことのできる緑色の牧草地があるのだろうか？　その牧草地は、健康な君たちの神経や、肉体的精神的な苦悩にまだ焼かれたことのない君たちの血液や、まだ誇り高い君たちの心、こうした現在の君たちの青春の前にある牧草地より、いっそう緑色が濃いなどということは絶対にありえないはずである。もしも君たちが戦争を横切るようなことになっても、君たちにとって、戦争のあとにはもう何も残っていないのである。かりに君たちがひとつの戦争を横切るようなことがあれば、君たちの前にはもうひとつ別の戦争が用意されているであろう。そのあとも同様である。戦争がもたらす激しい不均衡の体験のあとで、どうやって君たちは均衡のとれた世界を想像し期待することができるだろうか？　世界について君たちが理解できることに釣り合うような具合にしか世界は存在しない。戦争を体験することによって、世界に対する君たちの理解力を拡大してくれるような自然な経験を君たちは積み重ねられるだろうか？　それはありえないことである。それとは反対に、君たちは感覚器官を虐待することになるだろう。世界を理解するための可能性を狭めてしまうであろう。君たちに約束されているという戦争の向こうのことだが、君たちが獲得したり守ったりすることになるはずの帝国の全体の、個人的にでもいいから君たちは所有者になったりできるのだろうか？　そうした帝国の豊かさの一滴でさえ、君たちは味わえないであろう。戦争の向こうで君たちを待っているのは、果てしなく続く苦痛や、悲惨や、魂と肉体の醜悪な貧困だけである。こうしたことを君たちは戦争を受け入れるのと同時に容認してしまったからである。

君たちを使って彼らが演じている遊戯は、しかしながら、かなり低劣なものである。どうして、君たちにはその遊戯の醜悪さとその手練手管が見えないのだろうか？　どうして、灰色がかった髪の毛の小太りの老人たちが、無気力な唇と憔悴した脳髄を使って、抑揚のない声で英雄的精神について君たちに話しかけてくる姿が君たちには見えないのだろうか？　彼らが生命の偉大さを冒瀆しているのを君たちは感じないのだろうか？　男らしさの欠如した哀れな若者たちよ。男らしさが欠如した哀れな男たちよ。どうして、すでに何百万人もの君たちの仲間を殺してきた言葉の響きに、君たちはいとも簡単にひっかかってしまうのだろう？

「お互いに見事に連帯しあい、自分たちの義務遂行のために、死にいたるまで一致協力していた。理想に奉仕した彼らは、英雄の簡素さを体現しながら死亡した！」

大臣殿、あなたはこういうことについて何を知っているのでしょうか？　彼らに死が訪れたのは、あなたからはるか遠く離れたところだった。あなたは習慣としていつでも虚ろな言葉を使って話している。その言葉は何の意味も持っていない。そこには慈悲も、偉大さも、責任感も、良識も、理性も、ひらめきさえも感じられない。あなたはいつでも同じ表現を使うが、それはこれまですでに何度も繰り返されてきた表現である。すでに多くの人間を殺してきたその言葉は、老練の肉屋が営業権を譲渡するときまで使いこんできた包丁の取っ手が擦り切れているように、すっかりくたびれている。新聞がこの公式の言葉を第一面に掲載したその日に、その記事のかたわらにもっと小さな活字でじつに興味深いニュースが掲載されているが、そこにも同じ類の身勝手な無分別が読みとれる。この記事がもうひとつの大きな記事を解明してくれる。そこでは別の英雄のドラマが男らしい陽気な口調で紹介されている。タイトルは「犬が兄弟たちを助けるために血液を提供する」というものである。次のように書かれている。「素晴らしい犬が、いつも変わらぬ従順な態度で手術を喜んで受けている。血液は直接頸静脈から、苦痛を伴うことなく、抜き取られる。その犬は自分に期待されている奉仕を理解しているように思える。手術のたびに犬が見せる忍耐と優しさを見ると胸を打たれる。」犬は従順な態度で手術を喜んで受けている。あなたはそれについて何を知っているのか？　苦痛を伴うことなく。あなたはそれについて何を知っているのか？　くくりつけられているこの犬の忍耐と優しさについて、あなたは何を知っているのか？　お互いに連帯しあう。あなたはそれについて何を知っているのか？　英雄の簡素さ。あなたはそれについて何を知っているというのか？

あなたは何も知らない。しかし、兵士たちの永遠の弱さや彼らの男らしさの永遠の欠如などにつけこんで、戦争遊戯は延々と演じられていく。これらの兵士たちの考えを報告するにあたり、まるであなたがその考えを実際に兵士たちから聞き取ってきたかのように話しても、卑劣な嘘をついているなどと誰かに非難されることは絶対にないだろうということをあなたは承知している。あなたは彼らをあれほどまでに完璧な隷属状態に追いこんでしまっているので、彼らの一切合財があなたの所有物同然になっている。あなたは彼ら自身の言葉まで取りあげてしまっている。あなただけが彼らの代わりに見解を発表する権利を有している。この絶対的な権利を誤解されることがないように、あなたは公式の発表で使用する表現をきっちりと決めてしまった。雄弁に変化をつける必要もない。いくらか重々しい声を出し、顔に少し苦しそうな――しかし男らしい――表情を浮かべ、目は将来を凝視し、あなたは理想への奉仕と英雄たちの簡素さについて話す。そしてこの表現はいつでも有効なのだ。奉仕してくれる奴隷たちを言いあらわすのにきわめて重宝な表現である。機内で焼き尽くされている飛行士が、燃え上がるガソリンの炎に包まれながらも、まるで不死鳥のように奮戦する様子が見えているとき、また、船乗りたちが海の深淵に飲みこまれ、缶詰のなかのイワシのように、鋼鉄の錘《つむ》を思わせる船体のなかにみな一緒くたにひっそりと梱包されてしまうとき、状況は理想的であると同時に簡素なものである。彼らは見事なまでに連帯感で結びついている。しかし、飛行士の方は、猛火が閃光を放っている機内に十本の革ベルトで括りつけられている。素晴らしい犬が頸静脈から直接抜き取られる血を兄弟たちに提供するときの優しさと忍耐力はじつに感動的である。だからあなたは、偽善の色合いも感じさせることなく、「血液は直接抜き取られる」ときっぱり表現できるのであろう。

手術台に縛りつけられているこの犬のイメージが私には気にいっている。戦争を庶民が望んだことは一度もない。庶民はいつでも戦争を耐え忍んできたのである。好戦的な庶民は存在しない。好戦的なのは政府だけである。そしてこのことは戦争が人工的だということをよく証明している。人工的な必要性に駆り立てられた人工的な人間たちだけが、戦争を準備し、ついでその戦争を庶民に受け入れさせることができるのである。私たちに向き合っている現代の政府の内部の事情をじっくりと勘案してみるがいい(私は公式的な政府のことを問題にするのと同時に、潤滑油にいたるまでのこの政府という機構全体の歯車の内側のことを問題にしている)。私たちに向き合っている政府の男たちのすべてを調べてみるがいい。彼らのなかに、生きるということがどういうことなのか実際に知っているような人物がひとりでもいるだろうか?　あなたの心配事を共有してくれるような人物がひとりでもいるだろうか？　そう、あなたが心配していること、つつましく生きているあなたたちの苦労、つまり自然に暮らしている人間の苦労の数々、こうしたものを共有できる人物がひとりでもいるだろうか？　戦争と平和を掌握しているこうした人間たちのなかに、平和があなたにもたらしてくれるものと、戦争があなたから取り上げてしまうものを、感覚的に理解できるような人物がひとりでもいるだろうか？　つつましい生活者であるあなた、大地の上に暮らしている簡素な人間であるあなた、この地球に住んでいる純朴な生活者、自然な人間であるあなた。戦争があなた自身から取り上げてしまうもの、戦争があなたの内部において破壊してしまうもの、戦争であなたが失ってしまうもの、こういうものを理解できるような人物がひとりでも政府のなかにいるだろうか？　誰もいないのである。政府のなかの誰ひとりとして、そんなことを知っているはずがない。彼らは人工的な必要性に隷属している。そもそも、戦争というものを、彼らが自分でやってのけるわけではない、彼らは戦争を他の者たちにやらせるのである。彼らは外科医同然である。彼らは手術し、声明を作成する。それは、「素晴らしい動物が、いつも変わらぬ従順な態度で手術を喜んで受けている」という最初の表現ではじまり、意気揚々と読み上げられる「私は成功した」という最後の表現で終わる。途中のどこかに、「素晴らしい動物は死んだ」というきわめて簡略な表現がまぎれこんでいるはずである。

★

ああ！　私たちはいかほど純粋さを必要としていることだろう！　生命よりもいっそう激しいもの、それが純粋さである。私たちが純粋な空気、純粋な水と言うとき、どれほど大きな喜びが感じられることだろう。空気そのものや水そのものにまして、私たちの内面において何かをしたいという欲求を呼び覚ますのはこの純粋さである。それはあの厳しい風のさなかで暮らしたいという欲求であり、正真正銘の価値や、さまざまな価値のあいだの真実の関係を知りたいと願う欲求でもある。誰かが私たちのために作ってくれるような世界はもうお払い箱にして、私たちが自分で作りだす世界を真剣に見直す時がきている。純粋さというこの素晴らしい規範こそ、人間が着手するに足る唯一の偉大な事業である。それは自分だけで実行できる作業であり、あらゆる人間に役立つはずの唯一の価値観である。簡素ではあるがじつに偉大なさまざまな事を知り、自分が偉大になるのは容易なのだということを知ること。鳥黐《とりもち》から自らを解放すること。自分の身体を洗い清め、すっかり清潔になった皮膚で世界に触れること。純粋なもの以外は何も受け入れないこと。そして最後に自分自身の諧調に満ちあふれた開花に耳を傾けること。生命の高揚感が世界に広がっていく道の方に私たちを導いていく時のように、私たちの身体は両側からまるで翼のように開いていく。ああ！　私は精神的なことを問題にしているのではない。このつつましい大地の上にあり、パンやワインや愛情に向かっていく純粋な道のことを私は言っているのである。愛情とは、人を絶望に陥れるようなあの卑猥な行為ではなくて、私たちが生きていくのに際してたったひとつ生き甲斐になりうるものなのである。

こうして、平和を愛する人《パシフィック》の努力の果てに、彼の前に柱や紐や目隠しの布が持ってこられるとき、この青年はひとりである。処刑する者たちがそれまでに立ち向かったことのないような兵士がそこにいる。彼の前にいる十二名の職業軍人は、彼が自分たちをたじろがせ、自分たちに恐怖を感じさせるがゆえに、喜んで彼を銃殺するだろう。このひとりぼっちの男が遵守している命令がどこから出てきているのか、誰も知ることはできない。彼が命令に遵守しているかどうかということについてさえ、誰にも確信は持てない。銃殺隊に対峙しているその男は、何かの職業に就いているようにも思えない。彼は自然の生き方というものを、輝かしい真実として見せている。そのことははっきりと見てとれる。つまり彼は自然である。そうすると、彼に対峙しているものはなるほど自然ではないように思われる。力という問題も浮上してくる。こちらには銃を持った男が十二人もいる。彼らの正面には、両手を縛られた男がひとりいるだけだ。ひとりで彼を銃殺できないほど、彼は絶大な力を持っているのだろうか？　彼は極端に重要で深刻な人物のような扱いを受けている。事実、彼は重要で深刻な人物だということが即座に感じられる。何故なら、縛られているので、身動きもしないし、おそらくすでに目隠しまでされているのに、彼は銃殺する者たちを怯えさせているからである。職業軍人たちはすぐさま、軍人特有の本能によって、この孤独で囚われの寡黙な男ほど彼らにとって危険な敵は存在しないということをすぐさま理解する。敵の陣営の職業軍人たちよりいっそう危険な存在なのである。軍人たちは戦争遊戯に参加している。そこには種々の規則があるので、自分の仕事と自分の指揮官たちのことさえ熟知しておれば、充分にやっていける。ところが、この男は遊戯や規則や指揮官たちの埒外《らちがい》に位置しているので、彼らを脅かすことができるのである。

その男は怪物のような存在であると彼らは考えざるをえないであろう。彼の自由もまた彼らを脅かす。それ故に、間もなく彼らは彼を喜んで銃殺するのである。そして突然、彼らは自分たちの内に秘められている自然が自分たちを攻撃してくるような錯覚を覚える。その自然は、絶望の壮麗な閃光を放って彼らを引き裂く。自分たちにとっても有効だったかもしれない存在理由が、しかも自分たちがそれまで空しく探し求めてきた存在理由が、自分たちの目の前にあるのが今、彼らには見えているからである。だからして、彼らはその男を喜んで銃殺しようとしているのである。

この男が探し求めてきたのは、ただ純粋だけであった。そして、彼がその純粋を探し当てたとき、彼はがむしゃらにその純粋にしがみついた。彼が置かれていた状況ではさまざまなことがあったにもかかわらず、彼は依然としてその純粋の状態に自分を保ち続けたのであった。自分がひとりでなくなることはありえないということを彼はよく知っている。彼が企ててきたのは、本質的に個人的なことである。彼が行う行動では、彼は軍団を持つことができない。司令官が存在するということはありえなかったからである。司令官が純粋であるということは絶対にありえない。指揮権が彼を腐敗させてしまうからである。人間がいかほど純粋を保てるとしても、その男が他の人間たちを指揮しようとすると、すぐさま彼は純粋を失う。軍団は他の軍団に敵対する。それはいつでも数を頼みにする力である。それはつねに力に頼る。それは判を押したように無能力者たちが見いだす解決策である。戦闘を拒絶する者が頼みにする論理は、戦闘を追い求めたりしない。その論理は、純粋を探究する。彼の闘いは、彼の死後になってはじめて開始するからである。千人の平和を愛する者は、何千人もの平和を愛する者は、何千人もの個人的な死者でしかない。そこには軍団も司令官も存在するはずがないのである。死は、世のなかでもっとも孤独なものである。死は、この世において、生ある者に等しく訪れる運命であり、生きていることの証である。私にはそのことは分かっている。死とはそういうものである。そして私は死を嫌悪する。だが、私は軽蔑を好む。私は軽蔑を利用することを好む。「俺に奴の息の根を止めさせてほしい」と職業軍人の意識は叫ぶ。早朝の目覚め。夜明け。両手を後ろ手に縛られ、柱に括りつけられ、ひざまずかされる。そして目隠しされている。こうして平和を愛する人物は銃の前にいる。彼にはもう無限小の時間しか残されていない。彼はひとりである。

しかし、彼は反抗している。

ジャン・ジオノ

一九三九年六月、マノスク

服従の拒絶

友人のルイ・ダヴィド［ジオノの中学時代からの親友。一九一六年、アルザス地方で戦死した。ジオノは自伝的作品『青い目のジャン』の末尾で心温まる悲痛な文章でルイを追悼している］に捧げる。

戦争に反対するこの文章は、『大群』のなかの未発表の四つの章と一緒に、かつて一九三四年に雑誌「ヨーロッパ」に発表されたことがある。これらの文書をまとめて一冊の書物として刊行してはどうだろうかと友人たちにしばしば勧められてきた。そうした本の有効性が私には理解できなかった。今となっては、ひとつだけ有効な点を認めることができる。これらの文書に服従の拒絶という価値を与えることができると思うからである。［当書では冒頭の「私は忘れることができない」だけを採用し、そのあとの四つの章は割愛する。］

私たちのまわりでは、あまりにも多くのかつての平和主義者《パシフィスト》たちが服従してしまったし、今も服従しているし、軍旗がはためき煙がたちこめている時代の大きな動揺に少しずつ従い、軍隊や戦闘につながっていく街道を歩んでいる。そうした人物たちのあとにつき従うことを私は拒絶する。政治に詳しい友人たちが、私のこの態度に、個人主義の疑いをかけようとしたりすることがあるが、それでもやはり私は拒絶する。

今では人間を尊敬する者はもう誰もいないと私は思う。四方八方で、押しつけ、強制し、無理強いし、奉仕させるためにしか人々は話さない。現在の世代は将来の世代のために自らを犠牲にしなければならないという、あの昔から言われているぞっとするような馬鹿話もいまだに語られている。私たちの側に身を置いている人たちでもそんなことを言うことがある。これは重大なことだ。その通りだということがかりに分かっているとすればの話ではあるが！　しかし、経験から判断すると、それは絶対に真実ではないということが分かっている。未来の世代はいつでも、現在の世代には予測できないような趣味や、要求や、欲求や、目標を持つものである。素晴らしい未来のことを言いふらす人たちは無視してしまおう。未来を構想する人たちを無視するまではいかないにしても、ともかく彼らのことは警戒しておこう。とりわけ、これから生まれてくる人たちのために、今生きている人たちに死んでもらう必要があるなどと彼らが言うときには、警戒が必要である。人間は自分の生命だけのために生きるべき存在なのだから。

私は服従することを拒絶する。

ジャン・ジオノ

私は忘れることができない。

私は戦争を忘れることができない。戦争は忘れたい。時として二日か三日のあいだ戦争のことを考えないこともあるが、そのあと急に戦争を思い起こし、戦争を感じ、戦争の物音が聞こえてきて、ふたたび戦争を耐え忍ぶようになってしまう。そして私は恐怖を覚える。今宵は七月の美しい一日の終わりのひと時である。私の眼下に広がる平原はすっかり赤茶けている。間もなく小麦の刈り取りが始まるだろう。大気と空と大地は不動で静かである。あれから二十年が過ぎ去った。そしてこの二十年来、ずっと生きてきた私はさまざまな苦しみや幸せを体験してきたが、戦争をきれいさっぱりと洗い流すことはできない。あの四年間の恐怖は相変わらず私の身体のなかにある。私は戦争の刻印を持ち運んでいる。戦争の生き残りたちはみな戦争の刻印を押されている。

私は四年にわたって山国育ちの兵士たちの連隊［ブリヤンソンの第一五九連隊、ついでグルノーブルの第一四〇連隊にジオノは所属していた。ブリヤンソンもグルノーブルも山に囲まれた町である］のなかの歩兵二等兵だった。私たちの隊長だったM・Vと私は第六中隊のほとんど唯一の生存者である。私たちはレ・ゼパルジュやヴェルダン＝ヴォやノワイヨン＝サン＝カンタンやル・シュマン・デ・ダームにおける戦闘に参加し、ピノンの攻撃に加わり、シュヴリヨンやル・ケメルの攻防に関与した。第六中隊は何度も何度も兵士の補充を受けた。最初の第六中隊は第二十七軍団に所属する小さな容器でしかなかった。小麦を入れる升のようなものである。その升のなかに兵士がいなくなると、つまり、溝のなかにかろうじて小麦がへばりついているような具合に、底のほうに少しだけの兵士しか残っていないという状態になると、新鮮な兵士たちがその容器に満たされるのであった。こうして第六中隊は何度も何度も兵士が補充された。そして何度も私たちが石臼に押し潰されるたびに中隊は空になった。こうした試練のあとで、Vと私だけが最後まで生き残った。彼に私のこの文章を読んでもらいたいものだ。彼も毎晩私と同じことをしているにちがいない。戦争を忘れようとしているはずだ。彼は自宅のテラスの端に坐り、ポプラの木々の茂みのなかをたっぷりした水が波打って流れている緑色の河を眺めているにちがいない［当時、M・Vはグルノーブル郊外に住んでいたので、イゼール河の流れを眺めているだろうとジオノは想像している］。しかし、二日か三日ごとに彼もまた、私のように、戦争に参加した誰もがそうするように、耐え忍ぶ必要がある。そして私たちは人生の終末にいたるまで耐えていくのであろう。

私は自分を恥じてはいない。一九一三年に、私の仲間たちのすべてを集めていた入隊準備教育の組織に入るのを私は拒絶した。一九一五年に、私は祖国を信じることなく戦争に出発した。私は間違っていた。祖国を信じていなかったからではなくて、出発したことで、私は間違っていた。私が口にする言葉が束縛するのは私だけである。危険な行動については、それを実行しなさいという命令を、私は自分に対してしか出さない。だから、私は出発した。ガスによってまぶたを焼かれたことを除くと、私は負傷したことは一度もない。（一九二〇年、三か月ごとに十五フランの年金を支給されたが、「美容上の軽微な損傷」という理由で支給は中止された。）私は勲章をもらったことは一度もない。戦争の行為とはまさに正反対の行為のためにイギリス人から勲章を与えられたのが唯一の例外である［カッセル（ノール県）の北に位置するヴォルムーという村の病院が火事の炎に包まれているときに、廊下に残っていた二人の盲人を救出するためにジオノが駆けつけたことに対する勲章」。だから、輝かしい活動とはまったく縁がない。私は自分が誰も殺さなかったという確信がある。私は銃を持たずに、あるいは役に立たない銃を持って、あらゆる攻撃に参加した。(戦争の生存者たちは誰でも、いくらかの土と尿を使えばルベル式連発銃を無害な棒同然にしてしまうことが可能だということは心得ている。)私は自分を恥じてはいないが、自分がやったことをよく考えてみると、あれは臆病だったからだ。私は戦闘を受け入れているような表情をしていた。「私は攻撃には参加しない」と言う勇気がなかった。脱走する勇気もなかった。言い訳したいことがひとつだけある。それは私が若かったからである。私は臆病者ではない。私は自分の若さに欺かれたし、同じく、私が若いということを心得ていた者たちにも欺かれたのである。彼らは正確きわまりなく事情に通じていた。彼らは私が二十歳だということをよく知っていた。彼らの記録簿にはそうしたことが記載されていた。年齢を重ねている彼らは、人生の機微に通じ、狡猾さにも通じており、二十歳の青年に採血[戦場で血を流して死ぬこと、つまり従軍]を受け入れさせるにはどう言ったらいいのかということを完璧に知っていたのである。そういう大人としては、まず教師が、第六学年のクラス以来私を教えたすべての教師がいた。さらにフランス共和国の行政官たち、大臣たち、総動員のビラに署名した大統領、その他、二十歳の子どもたちの血液を利用することに何らかの関心を抱いていたすべての大人たちである。作家たちのことは忘れていたが、彼らはきわめて重要な役割を果たしていた。英雄的行動、エゴイズム、自尊心、厳格さ、名誉、スポーツ、自負心などを称揚した作家たちのことである［ジオノはモーリス・バレス、シャルル・モラス、ポール・クローデルといった作家たちのことを想起している］。作家たちの肉体は全員が老いていたわけではなかった。野心のせいで老化してしまっていた若い作家たちまで、そうした活動に加担していた。彼らは学士院に入りたいばかりに若者たちを裏切っていた。あるいはもっと単純に、彼らは生まれつき裏切り者の心を具えていたので、裏切るということ以外には何もできなかったのかもしれない。こうした作家たちは私の人間性が物を言うのを遅らせた。人間性を発揮して私が有益な行為を行うことができたかもしれない時に、その人間性が私の内部で成熟するのを彼らが阻害したという事情を振り返ると、私は彼らを恨みに思っている。要するに、行われてしまったことはもう済んだことなので、行うべきことはこれから行う必要があるということだ。何をするにしても時間的な余裕はたっぷりとある。今日の夕べは、我が家の庭のテラスの足元からデュランス河まで一気に広がっていくこの広大な平原をじっくり眺めることにしよう。一日中支配していた夏が小麦の上に重くのしかかっている。熱気には小麦粉の匂いがまじっている。これで二十年になる。この二十年のあいだ、大地の上で行われる小麦の収穫や葡萄の取り入れ、樹木の葉叢の形成が、さらに私の身体のなかの収穫や取り入れや葉叢の形成などが、次々と起こるのを私は目撃してきた。これで二十年もの年月が経過した。しかし、私は忘れることができなかった！

一九一九年以来、私が戦争に対して戦いを挑もうなどと思ったことは一瞬たりともない。私が戦争の渦中にあったときなら私は戦争と戦えたかもしれないが、当時の私は、ブルジョワ階級の詩人たちの言葉に夢中になっている青年でしかなかった。しかし、純朴で純粋な魂を持った靴職人の父親によって形成され構築されてきた私の心は、戦争を受け入れることができなかった。平原で突撃したさいには、私は銃身の閉じた銃を持って行進した。今では後悔している。あの銃はぴかぴかに磨き念入りに準備しておいた方がよかったであろう。銃尾は艶々と磨き、薬筒には油を塗りこんで、銃を手放すことなく捧げ持ち、教えられた通りに、敵たちが前に現れたらそれを利用する方がよかったのかもしれない。父親に形成された私の心は、そうした本当の敵たちを知ることを教えてくれたはずである［ここでは、場合によっては、味方の将校に銃を向ければよかったと暗示している］。

戦争で私が嫌悪しているのは、戦争の愚劣さである。私は人生を愛している。人生だけしか愛していない。それは素晴らしいことだ。しかし、人びとは正当で美しい原因のせいで人生を犠牲にしているということを私は理解している。私の全体的な才能を配慮したりすることもなく、私は伝染し死をもたらす病気を介抱してきた。戦場では私は恐れていた。私はつねに恐れていた。私は震えていた。私はズボンのなかで排泄した。戦争は愚かで、無意味だったからである。私には無意味だった。狙撃兵たちの戦列において私と一緒にいる同僚にとっても無意味だった。正面にいる同僚にとっても無意味だった。私の方に前進してくる狙撃兵たちの戦列のなかで正面にいる同僚のかたわらの同僚にとっても無意味であった。歩兵や、騎兵や、砲兵や、飛行士や、兵士や、伍長や、中尉や、大尉や、指揮官にとっても無意味であった。注意してほしい。私は大佐にも無意味だったと言おうとしていた！　そう、おそらく大佐にも無意味だったであろう。だが、このへんで止めておこう。人間の粉を提供するために、挽き臼で挽かれようとして、臼の下にいるすべての人間にとって戦争は無意味だったのである。それでは、いったい誰に有益だったのだろうか？

一九一九年以来、世界中と、私の友人たちや、私の敵たちや、学校時代の弱い友たちや強い友たちに対して、私は忍耐強く、徹底的に、戦ってきた。そして当時は、私は自由ではなかった。銀行員だったからである。このことがすべてを説明してくれる。私を失職させようとした者もいる。当時すでに私のことを「彼はコミュニストだ」と言ったりする者がいた［一九二五年の論争が言及されている。保守的なマノスク市長の弟が、ペンネームを用いて銀行の職員は怠けていると指摘したことに対して、銀行員だったジオノが反応したので、一種の論争が生じた］。つまり、生計の手段を奪い、私と、私が支えている母親や妻や娘のすべてを殺す権利があると言うのである。私はコミュニストではなかったし、今もコミュニストではない。

私はかつての戦闘員たちが組織している団体に加盟するのを拒絶した。というのは、当時そうした団体は相互扶助だけのために作られていたからである。かつての戦闘員［退役軍人］のあの長所を確認するためでもないし、新たな戦闘員の長所を鼓舞するためのものでもなかったからである。退役軍人共和国組合が組織された。しかし私は辺鄙な場所で暮らしていた。私と同じように考えている人々の行動を知る由もなかった。そこで私はひとりで闘争を続けていた。家族とともに暮らしていたので。家族との生活からはじめなければならないことがしばしばある。そしてそれがもっとも難しいことなのである。私たちが家庭との関わりで打ち負かされるというのは普通のことである。私は勝ったわけではないが、自分の主張は曲げないままでいる。二、三の友だちが私を理解してくれたし、今でも理解してくれている。ついで、私は作品を書きはじめた。すぐさま私は生活のために書き、人生そのものを書くようになった。私は読者のすべてを人生によって酔わせようとした。私は人生をまるで奔流のように泡立たせて、乾燥し絶望しているすべての人に向かってその人生を殺到させたかった。人生の緑色で冷涼な波で人びとを打ち、彼らの血液を皮膚の表面まで上昇させ、人びとを冷気と健康と喜びとで打ちのめし、靴を履いた足が踏みしめている彼らの基盤から人びとを引き抜き、奔流で人びとを運び去りたかった。人生の狂おしい流れに運ばれている者は、戦争を理解できないし、社会的な不正も理解できない。四年にわたって虚栄の道をたどっていたとき私を絶望におとしいれたのは、この社会の不正であった。

私が戦争に反対する作品を出版したとき、私は即座に自分が正しいことをしているのが分かった。じつに生々しい恐怖が私の唇に浮かんできた[文章になって印刷された]。私は死者たちの匂いを読者に感じさせようとした。切り裂かれた腹を見せようとした。私は自分が執筆していた部屋を、目玉を鳥たちについばまれた泥だらけの亡霊たちで充満させた。私は肉体が腐敗した友人たちを出現させた。私の友だち、そして私の言うことに耳を傾けてくれた人びとの友だちが出現してきた。負傷している兵士たちは私たちの膝に身体を預けて呻いていた。「もうこんなことはけっしてあってはならない」私がこう言うと、「そうだ、そうだ、こんなことは二度とあってはならない」彼らの全員がこう答えるのだった。しかし、翌日になると、私たちはブルジョワ的な民間の連隊に舞い戻ってしまう［普通の会社で働きはじめる］。そして私たちは資本家のために資本を作りはじめる。私たちは資本主義社会の道具だった。二、三日たつと、憤りは早くも消失してしまう。まず、仕事がかなり厳しくなり、細心の注意と苦痛を伴うので、その辛い作業は即座に片付けなければならない。そして過去の不幸は消え去り、死亡した友だちは忘れられてしまう。それに、ずっと前から、労働のリズムが私たちを眠らせるように研究されてきていたからでもある。その労働のリズムは、私たちの祖父たちから父たちへ、また父たちから私たちへと伝えられてきたものである。この隷属の精神は世代から世代へと受け継がれていき、仕事のあとで妊娠した子どもたちを永久に身ごもっている母親たちは、誕生のときにすでに精神的な服従の刻印を帯びている男たちしか産みおとしてこなかった。「社会の出来はそれほど悪いものでもないよ」彼らはこう言う。「私たちは国家のためではなく、鉱山のために、リン酸塩のために、石油のために戦ってきたんだとあんたは言っている。国家のために戦っていると私たちに思いこませたいようだが、私たちにはそういう事情は分かっている。私たちはそのために行進したりしないよ。事実、私は炭鉱夫だ。——何だって、あんたは炭鉱夫かい?——炭鉱が閉鎖されたら、私は何を食べていけばいいんだろう?」三ヘクタールの農地を持つ小規模な農民がいる。私が広大な農地の所有者について話すと、彼らは自分が狙われているものと錯覚したりする。石油を販売しており、さらに店の奥に五バレルもの石油の蓄えがあるので、彼らは自分石油を擁護している小売業者さえいた。ブルジョワの体制に本能的な執着を示すので、彼らは自分自身のことについては論理的になることはできない。彼らもまた、私と同じく、戦争を恐れていたのである。世間の話題にならなくても、名声が得られなくても、彼らは絶大な勇気を発揮することができた。彼らはチフス患者やジフテリア患者に援助の手を差し伸べることができるし、子供を助けるためなら水のなかにも飛びこむし、火事のなかにでも突入できるし、狂犬病の犬を殺すこともできるし、暴走している馬を止めることもできるし、雷が地面から炸裂し夜も末とばかりに雨嵐が荒れ狂っている夜の闇のなかで広大な平野を何キロも狂犬病の犬を探して歩くこともできるのだ。彼らも私と同じで戦争が怖かったのだ。彼らは、それでも、彼らの身体の奥底で、人間のかつての歴史が充満している彼らの身体のあの部分によって、自分たちが戦争に対して抱いている恐怖はその非人間性に由来しているということをしっかりと感じ取っていた。しかし、彼らがまだ母親の胎内にいるときに母親にぴったりと貼りついていた肉体のあの部分によって、彼らは隷属の習慣を受け継いでしまっている。その習慣のおかげで、私もそうだが、彼らは炭鉱夫として炭鉱に入っていけるし、両親が賃借りした農場で農民になれるし、大通りに食料品店を構えることもできるのである。しかし、ブルジョワジーという目が眩むような深淵から抜け出ることが問題になっている現在では、彼らのブルジョワとしての体質が邪魔しているため、彼らは泳ぎ手が大きな身振りで抜き手を切るような具合に両腕を大きく広げることができなくなってしまっているのである。

ひとつの事柄から私たちは事態を把握しておくべきだったのであろう。私たちと言っているのは、私もまた熱意と不決断に翻弄されていたからである。私たちが戦争に対する戦いを開始すると、私たちは同時に政府を敵にして戦いをはじめることにもなるのである。私はこう考えたものだ。「職業将校たちと握手することは避けるんだぞ。かりに将校のひとりがお前の家族のなかに入ってくるようなことがあっても、あるいは、お前と巧みに友情を築きあげた将校が現れ、お前がその将校の友人であるなどというようなことになっても、将校に自宅のドアを開けてはいけない。」しかし、「それは将校たちの落ち度ではない」とみんなは私に言ったものだ。そして、将校たちは他の職業を選ぶこともできたのだと考えると、彼らの落ち度ではなさそうだと認めざるをえなかった。「お前の娘の『フランス史』の教科書のなかで戦争を称揚しているところはすべて塗りつぶすんだ」と私は考えた。そういうところはすべて塗りつぶす必要があった。ともかく、そうやって教科書を塗りつぶしたところ、女の教師が私の家にやって来て、「あなたはいったいどうしようというつもりなんですか、ジオノさん。私たちはどうすればいいのですか?」と言った。友だちに会うと、彼らは私にこう言うのだった。「石油、じゃがいも、石炭、広場、小銭、給料。あらゆるものに、いつでも戦争が関係している。君は、いったい、どうしろと言うんだね。世のなかはこういうもんだよ。」彼らはこんなことまで私に言ったものだ。「それは人間の本性のなかに組み込まれているんだよ。」こんなことを言った男たちは、読書をする抜け目のない人物だった。そして、私が道に出ると、いつでも髪の毛を振り乱して草で遊んでいる小さな子供たちに出会った。その子供たちも食肉でしかないということが私には分かっていた。だから、子供たちの運命を悼むしか私にはもうどうすることもできなかった。

戦争に反対する者は、ただそれだけのことで不平等を甘受せざるをえない。資本主義国家は人間の生命を資本生産のまさしく第一の素材だと見なしている。国家はこの人間の生命という素材を、自分にとってそれを保存するのが有益なかぎりそれを保存する。国家は人間の生命を扶養する。人間の生命が素材であり、生命が扶養されることを必要としているからである。さらに、人間生命をより細工しやすくなるようにするために、国家は人間生命が生存することを受け入れる。国家が所有している産院で、可能な限りの手当てを受けて女たちは出産する。国家は学校も持っている。初等教育の視学官たちがやってきて、子供たちの頬を愛撫する。国家は二十二人でスポーツをするための競技場［サッカー場のこと。ジオノは集団で戦うスポーツが好きでなかった］まで保有している。そのスポーツの興行は四万人に提供される。それはすでに戦闘の、戦いの、収容所の興行である。国家は兵舎まで所有している。

道端で草を相手にして遊んでいる子供が美しく輝いており人間的な自由を発散していると見なすのは、私と同類の二、三人の狂人くらいである。その子の目は青いので、その子は青い目を持っているという栄光を生涯にわたって担うだろうと私が考えるならば、希望や絶望や愛情を求めて世界中を放浪する金髪の男になるだろうと私が考えるならば、さらに星がきらめく広大な草原において人間たちをいくらかでも前進させてくれるようなリズムや形態や音楽を彼の頭のなかで育むだろう［このような人物として『喜びは永遠に残る』の主人公ボビを挙げることができる。ジオノはおそらくボビを想定しながらこの部分を書いたのだろうと訳者は思っている」と私が考えるならば、また彼は数ある人間たちのうちのひとりでしかなく、ビューグル［サクソルン族の金管楽器］を吹く演奏家ではなく音楽を聴く方の人間であり、人の輪のなかで立ち上がる人物ではなくただひとりの聴衆であると私が考えるならば、そうしたことを考える私は、彼がどのようなことをしようとも、彼はしっかりと生きているんだと考えることになる。私はそうした人間の人生を賞讃する。資本主義の国家はそのような人物を利用する。戦争は天変地異ではない。戦争は政府が採用するひとつの手段である。資本主義の国家は、私たちが幸福と呼んでいるものを追究する人間を認めない。その特性がありのままの人間であるような人間、肉と骨でできている人間、こうした人間を国家は認めない。国家が認めるのは、資本を生産するために活用できる基本的な素材だけである。資本を生産するために、国家は時として戦争を必要とする。指物師に鉋が必要なように、国家は戦争を利用するのである。子供、青い目、母親、父親、喜び、幸福、愛情、平和、樹木の影、風の涼気、川の飛び跳ねるような流れ、こうしたものを国家は知らない。国家は、その在りようやその決まりのせいで、世界の美しさを自由に享受するという権利を自らに認めていない。経済的にも、国家はそれを認めることはできない。国家は血と金のためにしか法律を持たないのである。資本主義国家においては、楽しむ者は血と金を楽しむだけである。国家がその法律やお抱えの教授たちや詩人たちに言わせること、それは国民には自らを犠牲にする義務があるということである。私も君も、他の者たちも、みんな犠牲にならねばならない。誰に対してだろうか？　資本主義国家は親切にも屠殺場にいたる道が私たちには見えないように隠してくれている。あなた方は国家のために自分を犠牲にする（もうこういうことは敢えて言わなくなっている）。あるいはつまり、あなた方はあなた方の隣人や子供たちやこれから生まれてくる何世代もの人たちのために自分を犠牲にするだろう。こうして、何世代も何世代もの後世の人たちのために私たちは自らを犠牲にすることになる。このたいそうな犠牲の果実は、結局のところ、いったい誰が食べるというのだろうか？

それでは、今、何が問題なのだろうか、私たちにはじつにはっきりと分かっている。資本主義国家は戦争を必要としているのである。戦争は資本主義が用いる道具のひとつなのである。資本主義国家を殺害することなしに、戦争を殺害することはできない。私は客観的に話している。この組織されたた存在はそのように機能しているのである。それぞれ犬や猫や毛虫などと名づけられているように、それは資本主義国家と名づけられている。その国家は腹を開けたまま私のテーブルの上に横たわっている。その組織が機能しているのが私には見えている。この組織から、私が例えば戦争を取り上げてしまえば、その組織を荒々しく壊すことになり、その組織は生命をつまりその組織に特有の生命を養っていけなくなってしまう。犬からその心臓を取り上げてしまうのと同じことである。毛虫から第二十七番目の運動中枢を切断するのと同じことである。虹色に輝き柔軟に動くこの真珠のような中枢は、毛虫の生命にとって必要不可欠なのである。さて、私がどういうことを好むのかということをしっかり知るということが残されている。それは自分自身で生活すること、子供たちが子供たちであることを可能にさせること、そして世界を楽しむことであろうか？　それとも、私が犠牲になることによって資本主義国家の生命の持続を保証することであろうか？　客観的な態度をとり続けることにしよう。私の犠牲はいったい何の役に立つのだろうか？　何の役にも立たないのである！　（私には聞こえている！　暗闇のなかから、そんなに大声で叫ばないでほしい。工場で虐げられた人間に特有の凄まじい形相《ぎょうそう》を見せないでくれ。あなたたちの作業場は閉じられ、自宅にはパンがないと言っているあなたたちは、もう話さないでほしい。みんなが楽しく踊っている城館の鉄の門にしがみついて叫んだりしないでいただきたい。こういう声が私にははっきりと聞こえてくる！）私の犠牲は資本主義国家を生かす以外には何の役にも立たないのである。この資本主義国家は私の犠牲を受けるに値するだろうか？　その国家は優しく、忍耐強く、愛想がよく、人間的で、誠実だろうか？　国家はみんなの幸福を探究しているだろうか？　国家は星のような動きで善良さと美しさの方向に運ばれているだろうか？　国家が戦争を持ち運んでいるのは、地球が中心を持ち運んでいるようなものなのだろうか？　私が問題を提示しているのは、その問題に対して私自身が答えるためではない。みなさんの一人ひとりに自分で答えを見つけてほしいので、私は問題を提示しているのである。

私は生きていきたい。私は自分が生きていきたい。そして戦争は殺したい。さらに資本主義国家も殺したい。私は自分自身の幸福だけに専念したい。私は自分を犠牲にするのは望まない。また誰にも犠牲になっていただく必要もない。相手が誰であろうとも、誰かのために自分が犠牲になることを私は拒絶する。私は自分の幸福や他の人々の幸福のためにしか自分が犠牲になることは望まない。資本主義国家の政府、資本主義国家の教授たち、資本主義国家の詩人たちや哲学者たち、こうした人たちの助言を私は拒絶する。私のことは構わないでほしい。自分がどこにいるかということは分かっている。私の父と母が私の腕と脚と頭を作ってくれた。私は自分の腕や脚や頭を存分に活用したい。今回は私は自分の身体を精いっぱい活用するつもりである。

私たちは棒のような銃を持って戦場を歩きまわることはもうできない。軽蔑、殉教の承諾、無抵抗、こうしたことは何ひとつとして現在ではもう効果的ではない。資本主義国家が自らの心臓を自発的に抉り出すなどとあなたは思いますか？　戦争が資本主義国家の心臓である。心臓の役割を果たしている戦争は、資本主義国家のありとあらゆる企業に新鮮な血液を送りこんでいる。戦争は、資本主義国家の頬に美しい彩りと桃のような産毛をもたらす。資本主義国家が、あなたの言うことが心の琴線に触れ、あなたが申し分のない馬鹿者だからという理由で、またあなたが棒のような銃を持って狙撃兵たちの防衛線を歩いているからという理由で、自分の心臓を抉り取ったりすると、あなたは思いますか？

打開策はひとつしかない。それは私たちの力をふるうことである。私たちの力を発揮する唯一の方法、それは反乱を起こすことである。

私たちの声が聞き入れられたなどということはこれまで一度もなかったからである。

私たちが呻き声を発していても、それに対する反応があったことなど今まで一度もなかったからである。

私たちが手や足や額の傷を見せても、いつも顔をそむけられてきたからである。

情け容赦もなくふたたび国家が茨の冠を私たちに冠らせようとしているからであり、さらに釘と槌がすでに用意されているからである。

大地は穏やかにパンを作っている。夏の霧が小麦畑から立ちのぼり、地平線のすべてを塞いでしまっている。こうした緩やかな動きでこの地方の全域に広がり空に立ちのぼっていく霧は、ゆらめいている小さな埃のきらめきを私たちに見えるようにしていく。それは、時期を早まって熟してしまったために空中に飛び散っている小麦の軽い籾殻である。夏の重々しい夕べが、その影を運んでいる。

ドゥヴドゥ、私は君を認めることができる。ヴォーの要塞の攻撃のさいに、病院の砲台の前で、私のかたわらで君は殺されたのであった。心配するな。私には君の姿が見える。君の顔はあの丘のヒイラギガシの葉叢の上に置かれており、君の口はあの谷間にある。もう動くことがない君の目は、砂の奔流に覆われて埃が一杯詰まっている。息絶えた君の身体は、両手に内臓がからまった状態で、私たちが君の上に投げかけたコートに覆われているかのように、向こうの物陰の下にある。君の形相はあまりにも凄まじくて見るに堪えなかったからだし、私たちは君の近くにいる必要があったからだよ。機関銃が砲弾の穴を稜線すれすれに開けるよう照準を揃えてきたので、あんなことになってしまったのだった。

マロワ、私は君を認めることができる。ヴォーの要塞の攻撃のさいに、病院の砲台の前で、私のかたわらで君は殺されたのであった。まるで君が今も生きているように、君の姿が思い浮かぶ。しかし、君の金髪の口髭は、今では、フィリップの畑と呼ばれているこの小麦の畑に変貌している。

ジョリヴェ、私は君を認めることができる。ヴォーの要塞の攻撃のさいに、病院の砲台の前で、私のかたわらで君は殺されたのであった。私には君の姿が思い浮かばない。というのも、君の顔は一撃で削り取られてしまったからだよ。私は君の肉体の削り屑を両手で抱えていたんだ。しかし、君のもう人間とは思えないような口から、あの呻き声が大きく膨れ上がりそして沈黙していくのが聞こえてくる。

ヴェールカン、私は君を認めることができる。ヴォーの要塞の攻撃のさいに、病院の砲台の前で、私のかたわらで君は殺されたのであった。君は一撃でうつ伏せになって倒れた。私は君の後ろで身体を伏せていた。煙のせいで君の姿は見えなかった。まるで山のような君の背中が見えていた。

私は君たちすべてを認めることができる。君たちが見えるし、君たちの声が聞こえる。君たちは前進していく霧のなかにいる。君たちは私が住んでいる大地にいる。君たちは広大な世界の住人になってしまった。君たちは私のまわりにいる。君たちは私に話しかける。君たちは世界であり、君たちは私である。君たちが生きている男だったということ、そして今君たちは死んでいるということを私は忘れることができない。さらに、君たちが自らの幸福を求めていた重要な瞬間に殺されたということ、また君たちは何の理由もなく殺されたということ、さらに君たちは強制的に、騙されて、君たちには何の利害もない戦争に駆り出された挙句、殺されたということ、こうしたことを私は忘れることができない。君たちの友情や笑いや喜びを私は知っているのだが、そうした君たちのことを、戦争の指導者たちは戦争の単なる材料としか見なしていなかったということを、私は忘れることができない。君たちから流れ出ていく血を私は見た。君たちが腐敗していき、君たちが土になっていく様子を、君たちが資本主義者たちのポケットのなかの銀行紙幣になっていく様子を、私は目撃した。君たちの切り刻まれた清澄な肉体が、政治体制にとって必要だった金と血に変えられていった、あの君たちの変貌の時期を私は忘れることができない。

そして君たちは勝利をおさめた。何故なら、君たちの顔はありとあらゆる霧のなかにその姿を見せているし、君たちは四季を通じていつでも聞こえるし、君たちの呻き声は夜になるといつでも響きわたり、君たちの身体は、怪物たちの身体が海を膨らませるように、大地を膨らませるからだよ。私は忘れることができない。私は許すことができない。君たちの執拗な存在は私たちが君たちに憐みを感じることを禁止している。かりに友だちが戦争を忘れるようなことがあるとしても、彼らに憐みなど抱いてはいけないのである。

ドミニシ事件覚書／人間の性格についての試論

ドミニシ事件覚書

訴訟が行われていたあいだに私が書きとめたこの覚書を整理している現在、今日は日曜日の午後であるが、陪臣員団と裁判官は審議会室でこの事件を審議している最中である。私はその場に居合わせたくない。私は良心の呵責にさいなまれ、疑念に満ち満ちている。

この訴訟について全体的な見解を述べるとすれば、被告人の有罪を証明する明白な証拠は、彼の無罪を証明する明白な証拠と同じくらいに、存在する。

私は指示された場所に坐り訴訟に立ち会ったが、それはあつらえむきの位置で、裁判長のうしろだった。私から三メートルのところにいる被告人の姿がとてもよく見えた。証人たちが証言するときにも、同じく三メートル離れている彼らを正面からはっきりと見ることができた。すべての陪審員たちの表情も見てとることができた。私は疲労困憊するまで彼らの姿を見つめ、彼らの発言を聴くことができた。

初日、被告人への尋問が行われているあいだずっと私は彼を見守っていた。彼が答弁するのに耳を傾ける。彼の答弁を正確に書きとめる。そのとき、彼は百人の、いや千人もの高地の老農夫と何ら変わるところがなかった。(「高地」と書いたが、「痩せた土地」と言い直す方がいいだろう。というのは、Dの銀行の口座には預金がたっぷりあるという噂ではあるが、D農場は貧しい農場なのだ。預金は千万フランとも千二百万フランとも言われているが、私は預金の額を確かめたわけではない。この千万フランなどという金額については、のちほど検討することにしよう。)答弁する被告人は、私が知っている百人、いや千人もの老農夫と似通っている。そのような農夫の何人かの名前をすぐに引き合いにだすこともできるだろう。同じような状況に置かれれば(殺人のことを言っているわけではなくて、目下Dが尋問されているような具合に尋問されるという状況に置かれれば)、彼らだって、同じような態度をとるだろうし、同じような声で、同じような言葉を用いて答弁するだろうと言っておきたい。

★　★

言葉だ。私たちは言葉の訴訟に直面している。告発するには、ここでは、言葉に頼るしかない。一定の秩序に従ってそれぞれ並べられた言葉を解釈していかなければならない。弁護するのにも同様のことが言える。公判がはじめて中断されると、ローザン法院検事に、私がただちに理解したこと(彼もまた理解したこと)を私は述べた。私たちは構文を全面的に誤解している、と。私は誇張しているのかもしれない。しかし、私たちは最初からきわめて例外的な状況に置かれているので、いくつかの局面を仔細に検討しておくことが適当だと思われる。私は法院検事に言う。「裁判長の最初の言葉が、『審議をはじめる前に、発言のなかでの言葉の意味と代名詞の位置について、お互いにまず了解しあうことにしよう』というようなものであったならば、素晴らしかったことでしょう。」ローザン氏は、私が彼に述べた内容にはそれほど驚かなかった。(このあと、彼も私の見解を積極的に共有するようになり、彼がこの事件に何度も関わりを持ったびに以上の点を考慮するようになるだろう。)

例を示そう(私が上のように指摘すると、その直後に次のような審問が再開された)。

裁判長(被告人に対して)　あなたは橋のところに行きましたか? (鉄道の橋のことを訊ねている。)

被告人　小道だって? 小道なんてありませんよ、そんなことは私には分かっています。私はそこにいたのです。

橋のところに行くとか、葡萄畑に行くとか、町に行くとかといったような場合に使う「行く」(aller、アレ)という動詞をまったく使うことのない被告人は、allerという語を小道(allée、アレ)、木々の生えている小径(allée)のような名詞だと勘違いしている。そして彼は答える。「小道なんてありませんよ。そんなことは私には分かっていますよ。私はそこにいたのです」と。

ところで、被告人は裁判長の言葉に驚いたので(この言葉がいかほど取るに足らないものであろうとも、ともかく被告人は驚いた。そして、裁判長は別の言葉を使って発言することはできなかったであろうということを、私は付け加えておきたい。私だって、同じ質問を言いあらわす必要にかられたとすれば、彼と同じ表現を使ったであろうから)、つまり被告はその言葉の形式に驚いたので、また彼が即座には理解できない単語が使われたので、返答する前に彼はためらい、狼狽した。この狼狽の意味を考えてみよう。

誤解のないようにしておきたい。裁判の誤りが生じるのはこういうことからではない。しかしながら、もう少しあとで、ちょっとした代名詞の位置を移動させたり、単数形になるべきものを複数形にしたりすると、非難に満ちた恐ろしい言葉でさえその意味が完璧に消失してしまうということが分かっていただけるようになるだろう。そして私はこのことをもう一度繰り返しておきたい。これは言葉の訴訟である、と。いかなる意味においても、物質的な証拠は何もないのである。言葉以外には何もない。私の心配は、だから、まったく根拠がないというわけではないのだ。それに、こうした言葉の誤りが時として人を告発することがある(このことものちほど分かっていただけるだろう)。しかもきわめてずっしりと。言葉の誤りを天真爛漫だからといって見逃すわけにはいかない場合だってあるのである。

★

このような馬鹿げた誤解が、お互いに理解しあうことのない原告と被告の双方をともにいらだたせることになる。裁判長は忍耐という貴重な徳を惜しみなく浪費する。

★

被告人は、粗暴で、残酷でさえあると紹介される(しかし、引き合いに出されるいくつかの事実は、被告人が残酷であるということを証明するに足るようなものではない)。すぐにかっとする性質《たち》で、孤独な人間であるとも。しかし、被告人が孤独であるという指摘はそれほど注目されることはない。ところで、警視セベイユは「心理的な」調査を行ったと言われている。何故、この「心理的な調査」が私の猜疑心を刺激しなければならないのであろうか?

それはともかくとして、起訴状は、こうして「暴かれた」被告人の性格を重視し、それを大いに利用している。ところで、被告人は、犯行の行われた日には、七十六歳だった。しかし、その七十六年間にわたって、被告人は粗暴な行為も残酷な行為も行ったことは一度たりともないし、彼の激しい怒りの激発が見られたことも一度もないのであった。彼の不利になるような点を敢えて挙げるとすれば、ある日、彼は自分の飼い犬（原文ママ）に石を投げたということくらいである。

最後に、彼の残酷さを証明するために、ひとつの事実が挙げられる。

彼は、他人の助けを借りずに、九回も、自分で妻に分娩させた。「いや」彼は微笑んで答える。「三回だけですよ」

人々は彼にそのことを非難する。

「私たちはあらゆるものから離れて暮らしていました」と彼は答える。「家内を死なせるべきだったと言うのですか？」

そして、彼はもう微笑まない。

いくつか応答が繰り返される。

裁判長　あなたは興奮しやすい。

被告人（彼は「興奮しやすい」という言葉がどういうことを意味するのかしっかり理解できているわけではない。）私は誰も馬鹿にしたことはない。自分が人に馬鹿にされることも好まない。

裁判長　あなたは粗野でがさつだ……。

被告人　私はいつもそういう風に暮らしている。

裁判長　怒りっぽくて……。
被告人　怒りをあらわにする必要があるときには怒った。
裁判長　傷つきやすくて……。
被告人　それがどういうことか私には見当がつかない。
裁判長　エゴイストで……。
被告人　エゴイストだって！　そんなことはない。農場のドアはいつもみんなに開放されていた。
裁判長　かなり法螺吹きだ。
被告人　法螺吹きですって！　「どうやってそうするの？」と人に訊かれると、「こういう風にするんだよ」と私は言うことにしていた。ああ！　そうだよ。私が自分でそのように言うことにしていたからだ。そう、自分ならこういう風にやると言うことにしていたんだ。
（このことは、つまり、彼が時としてかなり繊細だということを証明している。だが、彼が繊細になるのは、彼が繊細になることを望んでいるときだろうか、それとも、繊細になることができるときだろうか？　後者の場合が当てはまるとすれば、ある種の誠実さが証明できるのではないだろうか？）
裁判長　あなたはとても厳しい……。
被告人　私は今でも厳しい。

裁判長　自分の周囲にあるものにたいして無関心で……。
被告人　私に興味があるのは自分の仕事でした。
裁判長　あなたは助言を与えてきた。
被告人　私はつねに助言を聞き入れてきました。
裁判長　あなたは手の込んだ策略を弄したりした。
被告人　人にかつがれなかったときには、私の方がかついでやりました。
（はたして彼は「手の込んだ」（raffiné）という語を理解していたのだろうか？）
裁判長　あなたは自分の殻のなかに閉じこもっていた。
被告人（きわめてはっきりと理解して）　そうする必要があったからです。
裁判長　あまり気さくではなかった……。
被告人　私たちは遠く離れていた。何よりも仕事です。
（遠く離れていた？　彼が言いたいのは、社会から遠く離れていた、世界から遠く離れていたということだ。彼を裁いている社会から。それは正当だ、あの凶悪な犯罪のあとでは。しかし、彼が犯人だと、まだ証明されているわけではないのである。彼が自分流に理解している世界、つまり彼が何も理解できていない世界から、彼は遠く離れているのである。のちほど、私たちは千万フランから千二百万二千フランの銀行の口座のことに触れるだろう。そのことを話すのはむずかしいであろう。その数百万フランはこの世のものではないということがやがて分かるはずである。)

裁判長　ぐるっと見まわしてください。法廷をよく見てください。

被告人　私に恥ずべきことは何もありません。

裁判長(Dの生活のどうでもいいような細部について)　それについては話さないことにしよう。

被告人　何故ですか?

裁判長　あなたは輪差で野兎を七匹捕らえたことがある。

(これは彼が夜に外出することができたということを説明しようとしている。起訴状にとって、これは重要なことだ。)

被告人　いや、捕らえたのは五匹だけです。それ以上ではありません。

裁判長　ギュスターヴ(息子のひとりで、彼を最初に告発した人物)、ギュスターヴは家のなかに閉じこもっていた。

被告人　そのために息子が意地悪になったわけではありません。

裁判長　ギュスターヴは「親父にはもううんざりしている」と言った。

被告人　ギュスターヴは一九四〇年に自分の農場を持った。奴は生産物のすべてを自分のものにしている。家内が出頭したら、そのことをみなさんに言うでしょう。
裁判長　あなたはそれでもつねに主《あるじ》だった。
被告人　いいえ、私は彼に何も要求したことはありません。

裁判長　あなたは女性との関係では慎み深かったですか？
被告人　何ですって？
裁判長　つまり、女性に対して、あなたはどんな態度を示していましたか？
被告人　私には自分の妻がいました。
裁判長　彼女で充分でしたか？
被告人　分かっていますよ！

被告人（驚いて、しかも心底から驚きをあらわにして）　それでは、裁判長様、あなたは私が罪人だと考えておられるのですか？
裁判長　（自分は何かを考えたり考えなかったりするためにここにいるわけではないといった

意味の言葉を言ったが、私は書きとめなかった。)

被告人　しかし、あなたがそう考えておられるということは、あなたの態度でよく分かりますよ。

裁判長は自白について話している。被告人はその議論には興味がなさそうだ。裁判長は彼に注意するように言う。

被告人　私はあなたのおっしゃることを聞いています、裁判長様。いつでも話してください。

裁判長は被告人の息子たちの告発に触れ、「もしもこれらの告発が偽りであれば、不名誉なことになるだろう」と付け加える。

被告人　よくそんなことが言えるもんだ!

裁判長　あなたは外出して、怖くなった。(犯罪の犯された夜のことが問題になっている。)

被告人　何ですって?　私が怖くなっただって?

裁判長は彼に事情を説明するよう要求する。

被告人　あなたは私に要求しすぎですよ、裁判長様。
裁判長は彼にもっと説明するよう暗示する。
被告人　あなたは何でも言いたいことを言ってください、裁判長様。しかし、私は知らないのです。寝ていましたからね。

ここで、裁判長は巧妙きわまりない策略を弄する。彼は、悪魔的な絶妙さでもって、犯罪と犯罪の再現を混ぜ合わせてしまう。弾道学の専門家によれば、弾丸がレイディ・ドゥリュモンに発砲されたとき、彼女は立っていたか横たわっていたかのいずれかである(つまり、ひざまずいていたり、かがんでいたりということはなかった)。裁判長と被告人は、犯罪の再現と、その女性の役を演じる警察官がいるはずの場所について話しているところである。その警察官は横たわっていた。不意に、裁判長は訊ねる。

裁判長　その女性は立っていましたか、それとも横たわっていましたか?
ホールに居合わせた者すべてが、私まで、息をひそませた。
被告人　横になっていたのは私ですよ。

彼は「私の部屋で」と付け加えることさえしない。すでにそう言ったからだ。

この見事な即答に拍手喝采をしたい思いだった。被告人が答えた瞬間、私の感覚のすべては目覚め、両目で彼の顔を凝視していた。策略のたぐいは一切、私には見えなかった。偽りの気配も一切、私には感じられなかった。しかしながら、その返答を送り出すのに一秒の遅れがあった。そして、その返答の二秒あとで彼は「殺人者に訊ねてください」と付け加えた。しかし、この追加は虚偽であった。

対話はなおも続けられる。
被告人がイヴェットと交わした会話に関して。

被告人　今あなたに話しているように、私は彼女に話しました。

裁判長　あなたの他人に対する評価はとても厳しいものだった。
被告人　ああ！　そんなことはありません。誓って、そういうことはありません。よく分かりませんが……。
（「何故私がいろんなことを禁じられてしまうのか、よく分かりませんが」と言おうとしているようだった。)
裁判長　あなたの記憶力は正確ですね。
被告人　はい、記憶力は良好です。(彼は、提出された自白に対して、「そのことは記憶していません」と飽くことなく繰り返すことになるだろう。)
裁判長　あなたは日曜大工をやっていましたね。
(私の考えでは、孤立した農夫なら誰でも持っているはずの手先の器用さを指し示すには、この語は弱い。被告人がカービン銃を巧みに取り扱うことができたということを陪審員たちに理解させることがここでは問題になっている。その銃の銃身は、自転車用のリングで柄に取り付けてあったのだ。)
被告人　必要にかられるもので。
裁判長　あなたの子供たちはあなたの支配下にあったので、あなたの言うことを信じて聞き入れていた。彼らはあなたを通してしか世の中を見ていなかった。
被告人　どうして、私を通してしか、ですか?
(彼は言葉があまり理解できなかった。彼が分からないのはcoupe(支配)という語である。)
裁判長　あなたは非常に厳しかった。
被告人　そうです。ところで、父親が厳しくなかったら、誰が厳しくやれるんですか?　そんなことになれば、どういうことが起こるやら?

被告人は、どうやって二人の飲んだくれを引き離したかを語る。
「男に平手打ちをくらわせたのはあれがはじめてのことです。」

ギュスターヴ・Dを教えたことのある女教師が、当局に依頼されて作成したドミニシ一家の心理に関する「報告書」が援用される。それはまさしく視野の狭い報告書だった。師範学校風の報告書であり、立派な報告書とも言える。ミュジ夫人（女教師）は、国土解放のさいにペリュイの自宅で殺害された県会議員の未亡人だろうか？（グラン＝テールからペリュイまで五、六キロの距離である。）

被告人（報告書の内容に答える）　それなら言いましょう。この女は耳が聞こえなかったのです。子供たちは彼女を馬鹿にしていました。私は子供たちを叱ったものです。

裁判長　あなたは自分の感情を表に出しませんね。

被告人　何のためにですか？
裁判長　精神科医たちはあなたが正常だと述べている。
被告人　何ですって！　私は狂人じゃありませんよ、断じて！
裁判長（少し興奮している。彼が興奮することはめったにない。）　私の話を聞きなさい。
被告人　私の話こそ聞いてください。私は他人と間違われたくありません。裁判長様、私が思われているような風に、あなたが思われるとしたら、あなたならどういう反応を示すか分かるでしょうよ。あなたが「言っている」［dites と言うべきところ、間違って disez と言っている］ことを私は聞いています。あなたも私が言うことを聞くべきですよ。

★

しかし、彼は「私は率直で誠実です」とか「私は善良なフランス人です」とあまりにもたびたび繰り返しすぎている。これはまったくもって根拠のない言葉だ。「ここにお集まりの人々の前で」という人々への呼びかけも、同じく、根拠がない。それらは「吹きこまれた言葉」でもない。それらは「新たな言葉」である。それらはきわめて危険な地雷であって、弁護している最中でも「弁護人がその上を踏んだりすると」破裂してしまうことがある。しかし、「私は善良なフランス人です」というこの異様な言葉をことあるたびに彼が繰り返す理由は何なのだろうと疑問を感じて、何故彼がそれほどこの表現にこだわるのかと彼に訊ねさえしておれば、私たちは、おそらく、このドラマの秘められた部屋のひとつのなかに入ることができていたであろう。このような表現を、私たちが暮らしているこの地方の農民が口にするのを私が聞いたことは一度もない。皆無である。この表現は、いったいここで何を言おうとしているのであろうか？　このドラマのなかで、薄暗い廊下をたどっていけば、何度も、私たちは、あの秘められた部屋の三重の差し錠で閉ざされたドアの前まで行くことになるであろう。

★

被告人の物腰には気高さが感じられる。女たちは彼が美しいと言う。そのとおりだ。まるで異国の王様だ。私はこの異国の王様に心を動かされたりしない。もっと別の王様を見たことがあるからだ。私はこの事件に関わろうとしているサラクルー「一八九九年生まれの劇作家で、神と人間の対決を扱った。ジオノと並んで審問に列席していた」の横にいる。私は彼には慎重であるようにと忠告している。

私が被告人から目を離すことはないので、彼も私の視線を感じとり、私の方をちらっと見たりするくらいだ。外観に真実を求めることはやめよう。彼の視線は冷たく鋭い。煩わしい。気高さは感じられない。しかし、この男は例外的な状況に置かれており、彼には持てる手段のすべてを利用する必要があるのだ、と私は考える。私が場所を変え、少し遠ざかったのは、彼をいらだたせないためだった。

★　★

彼は自分の監視人たちに、裁判長のうしろにいるあの男は誰なのかと訊ねた。それは私のことである。彼はそう告げられた。彼は驚いた。

「あの人は席を立った！」(言外の意味。こんなにつまらないことのために！　しかし、この言外の意味において、彼は犯罪のことを言おうとしたわけではない。彼が言いたかったのは、「こんなにつまらない私のために」ということだった。)

というのは、この犯罪に戻ると、この犯罪は想像も及ばないような瞬間をはらんでいる。殺人者が娘の頭蓋骨を銃床で一回あるいは二回殴って砕くときのことはとりわけ想像を絶する。(私たちは、のちほど、この一発あるいは二発について詳細に検討することになるだろう。何故なら、審問のこの時点では、このことはまったく注目されていなかったからである。)この犯罪は、被告人をそれに対して無関心な状態とは言わないまでも、そこから遠く離れたところに追いやっているように思われた。

それに反して、密猟していたのではないかとほのめかされると、彼は執拗に反論する。鉄道への土砂崩れがもとで起こりえたかもしれない災いをいろいろと心配したことについて、彼は細部にわたって説明する。彼が感じていた心配、その心配を今でも彼は感じている。彼の考えでは、自分が告発されているのは主として(密猟とともに)そのことのためなのである。そして、その告発の嫌疑を晴らすことに彼は執着する。土砂崩れは深刻な事態だったということを、彼はみんなに注目させる。(土砂崩れが一立方メートルにつきいくらという風に重要だというわけではなくて、その土砂崩れのせいで、その線路の上を走る気動車が遅れることにでもなっていたら、何分遅れたかでそれ相応の弁償をしなければならないという危険性をはらんでいたということなのだ。調書では、「もしも私が土砂崩れのことに気を配っていなかったとしたら、死者が三人だけということにはならなかっただろう。もっと沢山の死者がでる危険性があったのです」と彼は付け加えている。彼がここに引用したとおりの言葉を使ってこう言ったわけではない。調書のために彼の応答が当局によって作成されたのである。しかし、彼はこれに近いことを何か言ったはずだ。この「これに近いことを何か」、このことを、調書に記された彼のすべての証言について、とりわけ彼の自白について、繰り返し検討してみる必要があるだろう。）

★

私の覚書をここまで書き進んできたとき、被告人は死刑の宣告を受けたという電話がディーニュからかかってきた。私は論告は聴かなかった（論告は二つあった）。私は民事的な部分は聴いていない（申し訳ない）。口頭弁論も聴かなかった。陪審員の評決をディーニュで待っていたわけでもない。死刑は書類のなかに入ってしまっている。だから、私は良心の呵責を覚えながらこの覚書を作成している。それ故に、現実に起こっていることは度外視して、ともかくこの覚書の作成を続けることにする。

★

被告人（自分の自白について語る） 私が言ったこと、私はたしかにそう言ったが、言ったとおりのことを行ったわけではない。

自分の自白に関して、彼はこのように幸福な表現を用いることはこれ以降ないであろう。これ以降、彼は次のように言うにとどめるようになる。「そうではない」とか、「私に弁護士がついていたなら、私が受けたような苦痛は受けなかったであろう」とか、「へとへとに疲れきっていたので、なるがままに任せてしまった」とか。毒の入ったコーヒーについても天真爛漫に語ったりするだろう。正当な響きを発するものは何もない。「私が言ったこと、私はたしかにそう言ったが、言ったとおりのことを行ったわけではない」という最初の言葉以外にまっとうな表現は何もない。

★

密猟者だという嫌疑に対して、彼は執拗に反論する。彼の密猟を告発する（そのことに簡単に言及する）人々に対して、敵意をむきだしにして激しく反論する。このとき彼は自分の陣地に立っているのが感じられる。彼が息子のクローヴィスを罵倒するときの、彼の最大ののしり言葉（下司野郎という語は別にして。だが、これは、やはり、私たちの口をついてすぐ出てくる語である）、それは「昼も夜も密猟者！」というものである。そして、その言いまわしはなるほど彼独自のものだ。これが彼の最大の非難である。孫のロジェ・ペランについて彼が「こいつは浮浪者だ」と言い、裁判長が彼の考えをみんなに分かるように述べてほしいと要求すると、「こいつはありとあらゆる場所に輪差をしかけていた」と彼は付け加えることになる。限られた時間を尊重しなければならないという気がかりから自由になって（それほど長くかかるわけではないが、時間を守らねばならないという気がかりがあるのは明白であった）、彼には昼も夜も密猟者ということについてもっと詳しく説明してもらいたかった。クローヴィスは自分の告発を曲げることのない息子である。警察官たちが心理学を利用したので、まもなく、彼が証人席に立ち、彼の姿を正面から見ることができるようになれば、クローヴィスに関して私も少し心理学を援用してみるつもりである。

★

孤立して暮らし、猟をする貧しい農民にとって、密猟を告発されるのは耐えがたいことである。さらに違反が発覚すれば罰金を支払う必要がある。社会の法によって罰金が課され、自然の法によって罰金が課される。密猟が動機になっているような犯罪がある。今裁かれている犯罪がそうだと言っているわけではない。そんなことを言うのは愚かであろう。誰もそんなことは考えていない。自分を誠実だと考える猟師がときとして不誠実な猟師を殺してしまうようなことが時としてあるが、彼らはそうすることによって正義の行為を遂行したと考えるのである。孤立して住み、猟をする貧しい農民にとって、密猟は些細なことではないということをはっきり示すために、私はくどくどと書いている。しかも貧しいという語をわざと繰り返した。千万フランから千二百万フランとも噂されているDの銀行預金に私は思いを馳せている。もしこれが本当ならば、この千万フランから千二百万フランという金額は「グラン＝テール」から出たものではない。私は小作人に働いてもらっている「ジオノは農場を所有していた」。私は百人もの農民を知っている。彼らの農場の土地は肥沃で、「グラン＝テール」の十倍も広い。（「グラン＝テール」は広い《グラン》と称されているが、それはこれが、潅木地帯、荒れ地、鬱蒼とした林、デュランス河の泥土だけで成り立っている地域にありながらも、耕作が可能なきわめて珍しい農場のひとつであるからだ。）私が知っている農民で、千万フランから千二百万フランを稼ぎ、貯蓄できた者はひとりもいない。「グラン＝テール」が小さな土地だということは調書により証明されている。だから、ギュスターヴは、自分の畑と並行して耕作するために、新たな畑を借りようと交渉していた矢先であった。何故、ガストン・Dの銀行口座のことが話題にあがらないのだろうか？　さらに、この事件に直接あるいは間接に関わりのあるかなりの数の人々の銀行の口座について、また彼らの所有地や資産の現状について、何故明らかにされないのだろうか？　彼らのみすぼらしい外観は考慮に入れることなしに。何故なら、彼らの外観はじつに汚らしいからである。私はこの論点から離れたくない。私見によれば、ここのところが重要なのである。千万フランから千二百万フランもの大金を所有しているのに（もしもDがそれを所有していれば）、相変わらず貧しい人間の論法を持ち続けられるなどということがありうるだろうか（それほどの金額を稼ぎ貯金した人間なら、自尊心を持つようになるはずなのだ）？　裕福には見えないし、また自尊心も持ちあわせていない証人たちは、本当に金持ちなのだろうか？　以上は、それでもなお彼らが銀行に大金を預けていると（根拠もなく）仮定した上での話である。

★

というのも、人々は「沈黙の壁」「沈黙の壁とは、まずドミニシ一家の沈黙を、ついでバス＝ザルプ［アルプ＝ドゥ＝オート＝プロヴァンスの旧称］地方の住民たちの神秘的な共謀をあらわすための表現である。後者は真実を覆い隠し、目覚ましい成功を勝ちえている」についていろいろと話したからだ。そんな壁はこの地方には存在しない。言い回しは見事だが、そういう事実は存在しない。そんな壁は過去にも存在しなかった。私は六十歳である。四十歳のときには、そういうものには一切出会わなかった。誰がその壁を築いたのか？　誰がそれを不動のものにしたのか？　犯罪だろうか？　犯罪は何事も説明しない。むしろ、その反対である。犯罪はつねにあばかれてきているのだ、しかも即座に。それは新しい壁だ。「このホールにお集まりの人々」に彼が訴えるときに被告人が用いるこの言葉が新しいように。やはりそれは犯罪だろうか？　だが、人々が名付けようのない恐怖を犯罪に対して抱いてきたということを、私は今日にいたるまでいつも見てきた。殺害された人間のみが重要である。重要であった。

私の横にいるマクシミリアン・ヴォクス［ジオノの友人、木版画家］がなるほどと思わせる見解を述べる。「密猟に対しては、鉄道への地崩れと同様、有罪判決と罰金の一覧表がある。危機にさらすものが何かということが分かっている。それは重大なことだ。ところが、殺人については……」

これまでのことはすべて仮定でしかない。私たちは気になる事実を何とか理解しようと努めている。というのも、そうした事実はいつまでも気になるし、誰もそれを説明してくれないからである。私たちは勘違いしているにちがいない。しかし、明白なことは何もない。私たちは居心地の悪い思いをしている。普通の人間がここでは息苦しくなるのだ。ドアというドアをすべて開け放したいくらいだ。

★

★

被告人は「ぞっとするような夜」のことを話す。この表現に値するのは、彼の頭のなかでは、犯罪の行われた夜ではない。それは尋問が行われた夜である。ところで、ガストン・Ｄの尋問は穏やかに行われ、いささかの暴力もふるわれなかった。このことは証明されている。証明されきっていると言える。あらゆる注意が払われたので、この点に関しては疑いの余地はまったくない。自白するのに抵抗したという事実は、その夜を「ぞっとするような」夜にするのにおそらく充分なはずである。自白してしまうと、ガストン・Dは余計なものを厄介払いしてしまったので穏やかな表情に戻ったと数人が証言している。このことは明白なようだ。だが、少し考えはじめると、事はそれほど明白ではなくなってくる。誰が証言したのか？　そのことを証言する人たちに事実を解釈する能力があるとは私には思えない。しかも彼らは解釈する。

★

それに、私もまた解釈している。ふさわしいやり方で解釈するには私の能力はあまりに微力である。私はある事件に立ち会っており、それに心を動かされないわけにはいかないのである。

★

自白した夜、レイディ・ドゥリュモンとのいわゆる性的関係について話しているときに被告人が口にしたという卑猥な言葉を、裁判長は大声でがなりたてる。私たちは大量の泥を顔にぶっかけられる。被告はぶつぶつとつぶやく。

「あなたはこのような言葉を発言しましたか?」
「わかりません。頭がおかしくなっていたもんで」

いや、私は、その瞬間に彼の頭がおかしくなっていたとは思わない。かりに頭がおかしかったとしたら、現在見られるような態度でいることはないであろう。玉座から蹴落とされてしまい、威厳のない状態で不意を襲われているのを恥じているような態度なのだから。私たちだって、ズボンを脱いだ状態で不意を襲われたら恥ずかしく感じるであろう。あんなことを発言してしまった彼は、明らかに有罪である。この有罪は彼の表情から読み取れる。この点で有罪だということだけは。

その言葉はみんなに強烈な印象を与える。一般聴衆にも陪審員たちにも。私は機械的に顔を拭ったくらいだ。その言葉をもう一度繰り返した裁判長の顔を見つめることさえ私にはできなかった。はじめて被告人は頑固であることを中断し、まるで独楽《こま》のようにくるくると回転する。ぴったりその瞬間に被告を裁くとしたら、彼は間違いなく死刑である。ただ単なる死刑では収まらないであろう。残酷な処刑がふさわしい。彼に平手打ちを食らわせ、彼を絶命させ、彼の絶命を楽しみたいものだ。

(物事をはっきりさせるために、裁判の二つの時点において書きとめた覚書を並置してみよう。これまでのものは初日の覚書で、これからは四日目の覚書である。両者のあいだには四日の間隔がある。）

被告人は警察官たちに自白をしたのだが、その警察官たちが尋問される。

ある警察官　私は彼を女の問題へと誘導していきました。「これは尻の話じゃないんだろうか？」こう言うことによって、彼の装置を作動させたのが分かりました。（指摘するのは無益かとも思うが、私が引用している言葉のすべては、傍聴しながら書きとめたものであり、一語一語正確である。私は一文字たりとも変更する権利を自分に認めるわけにはいかない。）

この装置という語にあまり満足できない様子で、裁判長は説明を求める。とりわけ、被告人が進んで答えたのかどうか、そうした返答が質問のあと淀みなく出てきたかどうか、別の言い方をすれば、会話は自然だったかどうか、といったことを訊ねた。

警察官　彼はすぐには返答しませんでした。私が質問すると、沈黙が訪れ、ついで彼が答えました。私は別の質問をしました。ふたたび沈黙がありました。

裁判長　ということは、私の理解が正しければ、会話は次のような具合に行われたわけですね。質問、沈黙、返答。質問、沈黙、返答等々。

警察官　そうです、裁判長様。

女の問題へと誘導していった！　私はこの表現を繰り返し、どんな言葉を使ってこの誘導が行われたのであろうかと自問してしまった。やはり、同じような下劣な言葉を使って誘導したにちがいない。

★

弁護のために呼び出された医師のブドゥレスクは、良心的な誠実さゆえに、被告を打ちのめさないわけにはいかなかった。十八時間におよぶ審問は「穏やかに行われた」にもかかわらず、そのあとでは、この男はもう作り話をすることはできない、と彼は言う。それ故に、自白は作り話ではないという結論が導き出される。このことについては後述することになるが、まず、医師ブドゥレスクは、彼が証言したあとで、下劣な言葉に関して私の友人に廊下で訊ねられ、あれはまるで夢のような発言だったと答えたようだ。彼はそれを証言台で言ったわけではない。その質問は証言台で彼に問いかけられたものではなかったので。

法廷が調書から乖離しないように気を配っているのは明らかである。こうした配慮は義務のようだ。

★

★

被告人が自白したという、ひとつの事実がある。彼は四回自白した。弁護人は彼が四回自白を否認したと私たちに言う。それぞれの自白はすべてあとで否認されたわけである。そうした自白が暴力によって引き出されたものではないということは充分に証明されている。被告人が訊問されたのは、ディーニュの裁判所において、きわめて高度の良心を備えている誠実きわまりない司法官が監視しているという状況のなかだった。自白と否認が気軽にと言っていいような態度で繰り返されたということは、説明不可能である。審問で見たこと、そこで確認したことだけを材料にして納得する以外に私にはなす術がない。

ペラン青年が訊問される。彼は被告人の孫であり、被告人がいくつかの疑惑を投げかけた人物である。彼について被告人は「こいつは浮浪者で、ありとあらゆる場所に輪差をしかけている」と言ったことがある。

このペラン青年が嘘つきだということを新聞はすでに喧伝している。しかし、どの程度に彼が嘘つきかを知るためには、この嘘つきと面と向き合わねばならない。人間的とはもう言えない程度に、彼は嘘つきである。彼が真実を言うことは絶対にない。ここで、絶対にないと言えば、本当に絶対にないのである。どこだか分からないが世界の外に追いやられたような感じを受け、私たちは文字通り息苦しくなる。このような類の人間が生きていると想像することは不可能である。似たような人間を想像するのも不可能である。私は自分が用いる言葉は吟味して使っている。私はいかなる叙情に流されているわけでもない。

このペラン青年の表情は率直で明るい。彼の持っている怪物性は、彼の純粋な目が私たちをじっと見つめるときの喉仏の動きにしか現われない。彼は二十歳である。犯罪が行われたあと、「グラン＝テール」のそばにある両親とともに住んでいた農場から出ていった。今では、十五キロ離れたシャトー＝アルヌーで肉屋の見習いをしている。

犯罪の前日、犯罪の夜、その翌日の朝、何をしていたかと彼は訊問される。

そこから物語が始まる。私はそれを書きとめておかなかった。催眠術にかかってしまったからである。

さて、裁判官、陪審員、公衆、殺人罪で起訴されている祖父、こうした人たちを前にして彼は話す。すべてが嘘である。しかもたわいもない嘘だ。すでに六か月前に死んでしまっていた牛乳屋へ牛乳を買いに行ったと言う。母親は外出していたと言う。彼女は外出していなかったということは誰もが知っている。インゲン豆に水をかけるために出かけたと言う。彼が水をかけたのは別のものである(このようにじつにたわいもない嘘なのだ)。誰かに話しかけたと言う。その話しかけられたという某人物は、説得的な理由をあげて、自分がその場所にいなかったことを証明する。おじはペラン農場の前をバイクで通り過ぎるときに警笛を三度鳴らす習慣だったと言う。それは本当ではない。彼は前に言ったことを、彼の母親を、関わりがあったと言った人々を、突きつけられる。そして訊ねられる。それでどうした?

「私は嘘をつきました」

「何故?」

「分かりません」

彼は真実を言うよう懇願される。

「本当のことを言います」と彼は言う。

最初の物語の代わりに別の物語が始まる。新たな嘘だ。叫び声があがる。

「また嘘をつきました」

「何故?」

「分かりません」

彼は怯える。そして笑う。恐怖のせいで彼は透明になる。彼の頬にはもう一滴の血さえない。そして彼は笑う。その笑いは病的でもないし神経質でもない。それは意識的で、冷笑的で、軽やかな笑いである。

裁判長は親身になり、父親のように優しくこの「変人」の上にかがみこむ。

「はい、今度こそ本当のことを言います」とペランは言う。

そして、今度もまた、彼は嘘をつく。

裁判長は被告人に、ペラン(被告人の孫)が罪を犯したかもしれないと相変わらず疑っているか、と訊ねる。

被告人　ああ！　そのとおりです、裁判長様。何かそのようなことがあるはずです。何故、息子が父親を告発するなんてことがありうるのでしょうか？　私はそういう風に理解しています。

ギュスターヴ(父親を告発した息子。彼は告発を取り消し、さらにまた法廷で告発を取り消すことになる)は、自分の甥のペランをとても可愛がっている、という証言が法廷でなされる。ふたたび、密猟が話題にあがる。ギュスターヴがペランに密猟を教えている。彼らは夜になるとたびたび連れ立って出かけていく。

裁判長は優しくペランを席に戻らせ、審問を中断する。

弁護人は飛び上がる(ごく自然に彼は飛び上がる。そしてみんなは彼を承認する)。そして、弁護人はおおよそ次のように言う。駄目だ、駄目です。この「証人」はまだ終わっていない。彼を家族の他の証人たちと合流させるわけにはいきません。ここにひきとめておくべきです(あるいは、審問を続けるべきであると人々は考える)。

裁判長　私は証人を不法に監禁することはできません。

弁護士　それでは、審問が中断されているあいだ、この法廷から外に出ないように命じてください。

裁判長はそうすることに同意し、そのように手配した。

審問の中断。ざわめき。みなは立ち上がり、場所を移動する。私はローザン法院検事と話す。ペラン青年は、武器を足元に置いた五人の機動隊員の傍らで、証人席の椅子に坐っている。私は彼を見つめる。相変わらず恐怖と笑いという二重の表情がうかがえる。私は一瞬彼から視線をそらす。

改めて彼を見ようとしたところ、彼はもうそこにはいない。逃げてしまったのだ。彼はそこにいると約束しながら、どこかへ行ってしまった。私はそのことをローザンに合図する。警備員たちが廊下に突進し、彼を見つけ（彼は立ち去るところだった）、連れ戻し、結局、彼を見張ることになる。

長い記述をここにはさんだのは、ペランについて話すためではなくて、真実に向き合うことができない彼の気質に読者の注意をひきつけるためである。彼には真実が見えず、真実は彼の内面に何の刻印も記さない。話すよう強いられると、彼は作り話をする、つまり嘘をつくよう強いられたことになる。以上が私の印象だ。というのも、何故、（例えば）六か月も前に死んでいる牛乳屋のところに牛乳を買いに行ったなどと言うのだろうか？　何故、おじさんはそんな習慣とは無関係なのに、おじさんは警笛を三度鳴らす習慣だったと言うのだろうか？　このような細部はいかなる重要性も持っていないのである。真実がどのようなものであるのか知ることができないし、またその嘘を普通に利用することもできない、そういう人間だけに何かの意味を持っているような類の嘘である。

この気質は、嘘をつくギュスターヴの、そしてクローヴィスの、また家族全員の気質でもある。

何故、彼ら全員の父親である被告も同じ気質を持っていないなどと言うことができるだろうか？

★

ガストンが自白したとき、彼は暴力を加えられてそうしたわけではない。私が不安を感じるのは、反論の余地のないようなやり方で彼の自白を証明できるようにみんなが苦労したということである。彼が自白すること、彼がその自白を否認すること、彼が何度も自白し何度も否認するということ、この馬鹿げた連鎖を繰り返すだろう（私が理解したところでは、四回繰り返されている）ということ、以上のことは分かっていたようだ。それとも、慎重な態度をとったのはもっと別の理由があったからだろうか？　ドミニシ一家が十五か月にわたって警察を見事に翻弄し続けたということを私は忘れていない。ドミニシ一家に対して優しい方法が開始されたのは奇妙だと私は考えている。いつから優しい態度で訊問するようになったのだろうか？　それとも、これは例外的な事件だったのであろうか？　そして、かりにこれが例外的な事件である（私はそうだと考えている）とすれば、何故そうなのだろうか？　何故事件の解明に十五か月もかかり、何故優しい訊問を始めねばならないのだろうか？　何故優しい訊問がこの事件だけに必要なのだろうか？

★

犯罪の現場検証のさい、殺人者がいた丁度その場所にガストンが位置していたと証言される（証人席で）。丁度その場所が分かっているのだろうか？　弾道学の専門家でさえ、彼女を殺すことになる弾丸を彼女が受けたとき、レイディ・ドゥリュモンが立っていたのか横たわっていたのか分かっていない。彼女が立っていたか横たわっていたかによって、正確ではないかもしれないが可能性の高い場所が少なくとも二つ考えられるのである。さらに、エリザベートを殺した人物、残酷きわまりない殺人者がいる。

★

エリザベートの殺人者に関しても証人席で証言が行われる。現場検証にさいして、被告は警察官に「走れ」と言った。そう言うことにより、結果的には、少女が殺人者の前を走ったということを指示したことになる。かりにこの現場検証が、犯罪の夜に行われた動作そのものの正確な再現であるとするならばの話ではあるが。ところで、彼女の死体が発見された場所まで彼女が走ったかどうかということほどはっきりしないことはない。おそらく、死体がそこまで運ばれたということもありうるからである。

犯罪のこの部分の現場検証は、だから、間違っていると思われる。

★

ドラゴン医師。老田舎医師の典型とでも言うべき人物。彼は老人でしかも田舎医者であることを非難される。しかし、犯罪が発見された朝、死体を見たのは彼である。

ドラゴン医師　私は娘のエリザベートの死体を調べてみました。彼女は眠っている子供のように横たわっていました。髪の毛が顔の一部を覆い隠していました。その髪の毛を持ち上げると、鼻の上部に始まり、斜めに、ひとつは右上にもうひとつは左上に上昇していく二つの傷が見えました。二つの傷から、血はそれほど出ていませんでした。このような頭蓋骨折の場合には当然のことなのですが、耳と鼻孔から血が染み出ていました。触診してみたところ、頭蓋骨は私の手の下で胡桃の実を覆っている薄皮のようでした。（彼は、あらゆる隠喩を自らに禁じるために付け加える。）これは専門用語なのです。死体にはいかなる暴行の痕跡も残っていませんでした。両足ははだしでした……。

（この娘の靴もスリッパも見つからなかった。それらはどうなってしまったのだろうか？　これらの履物の消失を説明する仮説があるのだろうか？　審問において、そのことに関してたった一語だけ述べられていた。）

両足ははだしで、足の裏にはいかなる擦れ傷の痕跡も見られませんでした。砂利の上をはだしで走ったらできると考えられる擦れ傷が一切見られなかったのです。

ジャック・ドリュモン氏と彼の妻の死後硬直は完全でした。それに反して、娘のほうに死後硬直は観察されませんでした。死体は柔らかかったのです。私は彼女の両腕や両脚をいとも容易に動かすことができました。

裁判長　そこからどういう結論が得られますか？

ドラゴン医師　彼女が最後に死んだということです。このことを強く言っておきます。両親より少なくとも二、三時間あとで彼女は息を引き取ったのです。

眉弓《びきゅう》の上の額の傷の形は、娘が殺人者の前でひざまずいていたということはありえないということを証明している、と私は考える。もしもひざまずいていたならば、殺人者は彼女の頭の頂点を殴ったであろう。どう考えても、彼女が仰向けに横たわっているところを殴られたということにならざるをえない。

（娘が逃げ、横たわり、そして殴られたとは想像しがたい。）

裁判長　それでは、彼女が殺されたのは、かならずしも彼女が発見された場所ではないかもしれないとあなたは考えますか？

ドラゴン医師　足がきれいで、斑状出血がまったくないことから、あるいは道の砂利によってできる「刻み目」がないということだけからでも、子供は走らなかったにちがいないと私は判断します。というのも、砂利は燧石なのです。一九五二年十一月十一日、判事のペリエス氏は、娘の死体がどの場所にあったのかはっきり示すよう私に要求しました。足がきれいだということに関しての私の見解を彼にも伝えました。ついで、私はセベイユ氏にもそのことを話しましたが、彼は、別の子供を使って実験を行った結果、そこでもまた、埃も外傷も「刻み目」も検証できなかったと私に言いました。その実験に使われた女の子が、少女エリザベートと同じように、また同じような精神状態で走ったかどうか疑問に思いながらも、私はそれ以上の発言は控えました……。

(この実験は充分な証拠を警察に提供するにはいたらなかった。というのは、セベイユ警視は証人席における発言ではドラゴン医師の証言を重視していないからである。しかし、その反対に、彼は少女エリザベートが足の裏に「刻み目」と埃の名残りをつけていたと主張することになる。それではドラゴン医師の言うところと矛盾してしまう。裁判長はその矛盾を際立たせることはしない。裁判長は、ドラゴン医師の説に異議を唱えるこの発言に非常な満足を覚えている様子である。)

少女エリザベートが砂利の上ではなく道路を、橋の方に向かって走ったということになりますね。(この場合には)、彼女は農場の方に走ったことになるでしょう。そして、私たちの解釈を入れるとすれば、彼女は農場に逃げこむために農場の方に走った、と言うことができるでしょう。だが、解釈することは差し控えましょう。

裁判長と法院検事　しかし、道には草が生えていました。

ドラゴン医師　そうです、この地方の草が生えていました。八月だから、タイム、アザミ、無数の刺があるベニバナなどです。サンダルをはいていても、掠り傷の恐れがあります。

弁護士　あなたがこの少女を調べたのは何時でしたか？

ドラゴン医師　九時十五分です。彼女は両親より少なくとも三時間おくれて死んだにちがいありません。

裁判長　ということはつまり、娘は午前四時頃に死んだということになりますか？

ドラゴン医師　両親より三時間あとだということです、少なくとも。

弁護士　最後の傷と死亡とのあいだには、どれくらいの時間が経過したでしょうか？

ドラゴン医師　二つの傷はいずれも致命傷ですが、彼女は二つ目の傷を受けたあとは生き長らえることはできませんでした。二発目はとんでもなく強烈なものでした。

弁護士　あなたは正規の医師ですね？

ドラゴン医師　そうです。

ところで、ギュスターヴはこの女の子が生きていた、彼が彼女を見たとき彼女は腕を動かした、と証言している。一九五二年に、死の恐れがある人間を救助しなかったという罪、つまり救助懈怠《けたい》罪のために彼が有罪となったのはこのことに起因している。

彼が彼女を見たのは、銃床による二度目の殴打より前だったのだろうか、それとも後だったのだろうか?

しかしながら、ギュスターヴのこの証言は、少女の殺害に関する犯罪を再現しようとする試みのすべてを打ち砕いてしまう。というのも、ガストン・Dは、エリザベート役を演じていた警官に「走れ!」と言ったので、その警官は走り、ガストン・Dは追跡したのだった。しかも、このような追跡は実際には行われなかったからである。

こうした証拠は一件書類にはなはだしく抵触する。老田舎医師の証言を否定するために(老人ということと田舎医師ということが強調される)、ある人物、バス=ザルプ県で重きをなしているひとりの人物がここで介入してくることになる。ジューヴ医師はこの法廷におられるだろうかという質問がなされる。彼はいる。そして彼は証言席にやってくる。

ディーニュの名高い外科医であるジューヴ医師は誠実で知的な人物であり、人々から評価され尊敬されている。私あるいは家族の誰かが、彼の手術を受けるために、いつの日か声をかける、あるいはすでに声をかけたことがあると、誰もが思い描くような人物である。

ジューヴ医師　私は死体を見ていません。だから、類推でしか話せません。

(このことは、私には、充分で決定的なことだと思われる。彼は立ち去るべきだ。ところが裁判官は彼がとどまることを望む。)

少女エリザベートが受けた頭蓋骨折ときわめて似通っているというのか？何しろ彼は死体を見ていないのだから……）頭蓋骨折の二つのケースについて彼は話す。彼が言うには、それぞれの場合に、骨折のあと四時間の余命があった（しかし、ドラゴン医師が断言したような、驚くべき死ではない）。しかも二つのケースのうち新しい方は男性である。（エリザベートについて言えば、彼女は十歳の子供である。）

ジューヴ医師は、私が括弧のなかに入れて書いたことを誰もが考えるだろうと予測したにちがいない。というのは、彼は、死後硬直は子供の場合には緩慢にしかあらわれないと、すぐに付け加えたからである。死後硬直は、ジャック・ドリュモン氏と彼の妻を硬直させ、二人は同時に死んだにもかかわらず、エリザベートの方は柔らかなままにしておいたという可能性がある、ということになる。

（私はというと、アーメンとしか言いようがない。田舎の老医師は、ジューヴ医師の入場以前に退場してしまったのである。彼が異議を唱えるために戻ってくるということはない。それにジューヴ医師の見解に異議を唱えている老医師の姿などとても考えられないのである。）

一件書類はこれで満足だ。これ以降、ジューヴ医師の見解しか取り上げられなくなっていく。三人の死体、これらの死体こそこの裁判において重要なものなのだが、その死体を実際に見たドラゴン医師の証言は、「田舎の老医師」の意見として扱われるだけになってしまう。

田舎の老医師は（私がこうした呼び方にこだわるのは、この審問において人々がそのことにこだわっているからである）、しかしながら、これ以外にも一件文書を苛立たせたことが一度ある。

★

ドラゴン医師　レイディ・アン［・ドリュモン］の死体の下に血はありませんでした。ところが、車の反対側、つまり散水用の小さな汚水溜めのうしろに、つまりこの汚水溜めと茂みとのあいだに、大量の血の海を私は認めました。その血は三センチの深さまで地面に染み込んでいました。

この血の海が話題になるのはこのとき一回きりである。言われたと思ったら、即座に忘れられてしまった。もうこのことが話題になることはない。一件書類は聞く耳を持たないし、知性さえ具えていない。一件書類には調書しか入っていない。

何故ならば、現場検証にさいして、ガストンも他の誰も、誰も汚水溜めのことは考えなかったからである。ガストンが「再現する」動作のすべてを、彼は汚水溜めから遠く離れたところで再現する。彼の動作によれば、汚水溜めのうしろに行き死ぬほどの血を流したりした者は誰もいなかったことになる。だから、この血の海などに関わっても何の意味もない。しかしながら、この血は三センチも地面に染みこんでいたのであった。

★

弾道学の専門家。明確、明晰、簡潔。証言の模範。すべての証言がこれだけの質を備えていたら……。（同程度の模範的な証言をもうひとつ私たちは聞くことになるだろう。それはフォルカルキエの憲兵隊長アルベールの証言である。）

この専門家は、犯罪に用いられた銃、カービン銃ロック＝オラに注油されていた油を分析した。予審判事ペリエスは、犯罪に用いられたその銃と一緒に、ギュスターヴとクローヴィスさらにはポール・マイエの自宅で押収されたさまざまな猟銃、また農民たちが調査員たちに提出した三丁のアメリカ製のカービン銃を、この専門家にわたしていた。専門家に投げかけられた質問は以下のとおりである。犯罪に使われた銃には油脂が使われていたが、この銃が、そうした銃のどれかひとつの油と同じ材質の油を注油されていたということはありうるかどうか？

専門家　私に手渡された銃のうちの二つ、それらの所有者はクローヴィス・ドミニシですが、この二つの銃は、カービン銃ロック＝オラで検証された油の痕跡と同一の材質の油脂を注油されていました。
（一件書類は待ち伏せしている。）
裁判長　同じ油脂だと言うのですか、それとも同様の油脂だと言うのですか？
専門家　材質が同様だと言っても、同じ油脂だということにはなりません。類似している油脂だということです。

（被告人は、自分の考えを言いあらわすために、自分の命を守るためでさえ、最大限で三十から四十の語彙しか自由に使えないので、これらの明白な表現を理解できないし、そのような表現を発言できない。しかし、クローヴィスという名前を聞きつけたので、彼はこの議論に興味を示している。）

クローヴィスの家で押収された銃はオリーブ油を注油されていたことが報告される。さらに事態は一層明確になる。それは彼が個人的に収穫したオリーブ油である。分析したところ、こうした個人収穫のオリーブの場合、あるオリーブ油が別のオリーブ油に類似するということはないことが判明している。クローヴィスにオリーブ油を求めたところ、彼の提供したのは、犯罪が行われた時期の油ではなく、ごく最近に収穫した油だった。捜査員たちはしばらく途方にくれてしまった。犯罪に用いられた銃に注油されていた油と、犯罪に先立ってクローヴィスが収穫したオリーブの油を比較することにより、私たちは真実を知ることができた。

（一件書類をあてにしていない、つまりその書類に絶対的な尊敬を抱くことのできない私は、このオリーブ油にはとても関心がある。被告人も同様だ。しかし、それだけのことである。そこで万事が止まってしまう。銃を「至近距離から」撃ったか「じかに身体に当てて」撃ったか、両者のあいだの相違に関する議論が延々と、二十分にわたって、続いた。）

★

憲兵隊長アルベール。審問のなかで最高に素晴らしい証言。鋼鉄のような誠実さと精神的な勇気を具えているのが感じられるこの隊長は、解釈することを自らに戒めている。彼は事実を列挙するにとどめる。彼は二時間以上話すが、つねに正確で反論の余地がない。彼の証言に耳を傾けていると、大きな知的喜びまで味わうことができる。それぞれの言葉が紛れもなく正確で誠実であるのが実感されるからである。そのことは真実である。そこにはいささかの疑念も混じっていない。彼の証言は被告人に対していかなる告発をも断じて行っていない。その証言に告発の要素が含まれていないのは、彼が事実を解釈することを自らに戒めているからである、ということを私は認める。その証言は証言席において行われた。その証言を妨げることは誰にもできなかった。しかし、誰もその証言を役立てることができない。

法廷には新聞記者たちがつめかけているが、彼らがそこにいるのは仕事のためである。結局のところ、一般聴衆は好奇心というよりも情熱に支配される。彼らを誘導し支配するのはたやすい。裁判長はいささかの困難も感じていない。「みなさんに退席していただきましょう」などと彼が言うことは一度もないであろう。情熱はあまりにも精彩があり、あまりにも自分のことだけで手いっぱいなので、何であれ何かを表明しようという欲求を抱くことはない。証人たちの嘘があまりにも明白で人を馬鹿にしたようなものだと、時として、みんなのため息がかろうじて漏れ出るくらいである。時として完璧な沈黙が、いわゆる「死のような」沈黙が訪れることがある。外では、雨と寒さにもかかわらず、男たちや女たちが法廷に通じている監視つきの門の前を往来している。それは苦しんでいる男や女たちである。外にいる彼らはまるで牢獄に入れられているようだ。そして室内にいる私たちはまるで自由を与えられているようだ。というのも、外にいる彼らは、なかでは神秘が次第に解明されていっていると考えているのだから。

★

ディーニュ。冬は寂しい町だ。晴れていても憂鬱な町である。山がそこまで迫っており、美しさというものがまったく欠如している。山が好きな者でさえ、秋に山が金色や紫色をまとっても、この町は好きになれない。他所では大きな身振りを見せるはずの風が、ここでは廊下で渦巻くだけである。音がそれほどすることのないいくつかの狭い谷が交差するところに、この町があるからだ。こんな光景を前にすると人は意気消沈してしまう。ガッサンディ［ディーニュの西五キロに位置する村シャンテルシエで生まれたガッサンディは、ディーニュの教会参事会で行政官を務めたあと、コレージュ・ドゥ・フランスの数学教授となった。唯物論者として著名である］。ジャンセニスム。スネス［ディーニュ南東二十キロの町］のあたりの地域。この地方を知っており、ディーニュをこの地方全体のなかで位置付けることのできる人にとっては、悲しさは一層大きくなる。というのは、正面が灰色のこれらの家々、こうした気のめいるような家々の貧弱な集合体は、何もこの町だけに限定されるわけではなく、その地方のいくつもの場所に広がっているからである。『レ・ミゼラーブル』の冒頭にディーニュを登場させるヴィクトル・ユゴーの天才。

★

ヴィクトル・ユゴーについて言えば、ピエモンテ地方の出身だと言われている家政婦の私生児ガストン・D（父親は不明）は、目下彼が裁かれているこの裁判所の門番の小部屋で生まれたのであった。

★

ふたたびヴィクトル・ユゴーについて。裁判の重要な証人のひとり（弁護する立場なのか糾弾する立場なのか私には分からないが、すべての証人は何かを言うことにより糾弾するものである）が、裁判が開始する二週間前に事故で死亡した。彼はスクーターに乗っていた。哀れな少女が頭蓋骨を打ち砕かれたように、彼も頭蓋骨を砕かれてしまった。

★

道化師がいる。マイエは薄気味の悪い道化師である。フローベールが語るような愚かな人物である。人々は緊張を緩めることなく笑う。雷雨が収束することなくいつまでも雷が鳴っているような具合に人々は笑う。滑稽な言葉が次々と続いたあと、「ものすっごい！」憎悪が表明されると、もうみんなは笑わなくなる。

この道化師は、しかしながら、百から百五十くらいの語彙を使うことができる。被告人には三十からせいぜい三十五の語彙力しかない。それ以上ではない。（審問の最中に彼が用いたあらゆる表現に基づいて、私は数えてみた。）ところが、裁判長、法院検事、検察官たちは何千もの言葉を駆使して自分の考えを表現することができるのである。

★

事あるたびにドミニシ一家の人間が証人席に呼ばれる。彼らは無数にいる。カレンダーに記されているあらゆる名前がそこに出てくるだろう。糾弾者の最右翼ははクローヴィスである。（最初に父親を告発したのはギュスターヴだと言っても駄目である。クローヴィスこそ最右翼なのだ。）父親に瓜二つなのはクローヴィスである。しかし、被告人において偉大さであるものが、この家族のさまざまな顔のなかに、各人の個人的な気質に従って変貌した形をとって現われてくる。私は、被告人について、まるで彼が被告人でないかのような話しかたをしている。例えば、まるで、一九三四年に、彼の農場の入り口で、彼に出会ったかのような具合に。だから、「あの男は殺人者だ、どうしてあんなやつに偉大さを認めたりするんだ？」などと反論しないでいただきたい。彼は偉大さを具えている。彼はルネッサンス時代の人間、あるいは中世の人間である。彼はアグリッパ・ドービニェ［フランスの文人、一五五二―一六三〇］の『世界の歴史』から裸で生のまま抜け出てきたような人物だ。彼が殺人者だというのなら、それはそれでいい！　彼は、裁かれる前に、すでに殺人者になってしまっている。この人物について二年にわたって新聞記事がいろいろと書きたててきた。

もうそんなことは考えないことにしようではないか。彼は宗教戦争の時代によくいたようなタイプの男である。彼の視線をしっかり受け止めるには難しいものがある。彼は確かにミュジ夫人が、経験豊かな女教師としての素晴らしい文章のなかで、描写したような人物ではない。彼の心理学は、調書の範囲を大きくはみ出てしまっている。彼がひとりで行う散歩に私が付き添って、彼がどのような人物かを評価しようとすれば、五十パーセントの確率で間違ってしまうであろう。彼がどのような人間なのか、私にはよく分からない。彼に関しては、類推によって語ることしかできないであろう。それは望ましいことではない。

★

ヴォクスは「彼は横から見ると無実だが、正面から見ると有罪だ」と私に言う。そのとおりだ。面と向かうと、目が見えるからである。噛み付いてくるような視線だ。

★

クローヴィス。この父親の偉大さを帯びた相貌でもって、彼はいったい何をしでかそうとするのだろうか？　彼の父はことあるたびに「私は率直で誠実です」と繰り返す。クローヴィスも、何も言わないが、同じ事を彼の顔全体で性懲りもなく繰り返している（両者の珍妙な関係がうかがえるまでに）。だが、証人席における、ギュスターヴとの鼻と鼻をつきあわせての（彼らの鼻はほとんど触れ合うことになる、と言っておかねばならない）劇的な対決では、ギュスターヴの罵詈雑言を浴び、この率直で誠実な顔が、ゆがみ、壊れ、一挙に解体する。万力《まんりき》のように締め付けていた口を彼はゆるめる（その口は、それまでは糾弾するため、新たな糾弾を始めるためにのみ、ゆるめられたのであった）。彼はゆがみ、壊れ、そして話しはじめるだろう。口が開く……。

裁判長がテーブルを叩き、言う。

「黙ってください。でなければ、サン＝シャルル（これは牢獄だ）に送りこみますよ。」クローヴィスは立ち直る。彼の顔は復元される。彼はふたたび率直で誠実だ。彼はふたたび「イギリス人たちを殺したのは父です」と言うことができる。

★

ギュスターヴ。絵本『ジグとピュス』［両大戦間のアラン・サン＝トガンによる有名な漫画］のなかの臆病者。三歳の子供のために作られた臆病者。三歳の子供が絵を見て即座に「ママ、こいつは臆病者なの？」と指さすような臆病者。「そうだよ、坊や」と母は答える。

父親の顔から彼は何を受け継いだのであろうか？　鼻を長くし、鼻と顎のあいだの空間を縮めた。額は広がらなかった。広がったのは、顔のなかで眉弓と鼻梁のあいだにある部分のすべて、つまり頬骨やこめかみである。

被告人である彼の父は、彼の方に身体を乗り出し、誇張なしに、限りなく簡潔に、完璧な感情をこめて彼に言う。

「ギュスターヴ、俺はお前を許してやる。俺が無罪だなどとお前には言って欲しくない。そんなことは言うべきじゃない。本当のことを言うんだ。お前が叫び声を聞いたとき、ウマゴヤシのなかでお前といっしょにいたのは誰だ？　誰がお前といっしょにいたんだ？　誰がお前といっしょにいたんだ？　誰がお前といっしょにいたんだ？」（彼が制止されなければ、この言葉は最後の最後まで繰り返されただろうと私たちは感じたものだ！）

ギュターーヴは口を開く。裁判長はテーブルを叩き、「審問は中断します！」と言う。

ギュスターヴは救われる。彼はふたたび絵本『ジグとピュス』のなかの臆病者になることができる。

はじめて、法廷につめかけていた人々はいささかの不平をもらした。

★

イヴェット。ギュスターヴの妻。彼女はドミニシ家の人間ではない。バルト家の出である。それは大したことではない。「男勝りの女」で、夫を支配しているという証言があった(こんな夫を支配しない女が誰かいるだろうか?)。彼女は自分が「全権を握っている母親」だと勘違いしている愚かな女である。しかしながら、義父を守ろうとする彼女の横柄で断固とした態度は私には好ましく思える。私は、彼女が老人に投げかける微笑み(友情の微笑み、愛情の微笑み、芝居がかった微笑みのいずれなのか私にはよく分からないが、おそらくこれら三つが入り混じった微笑みであろう)が気に入っている。クローヴィスが父親を見ることはほとんどない。見るとしても、もちろん、こっそりと見るのであり、彼が微笑んだりすることはない。しかし、その視線は、いまいましい小説のなかで出てくる笑いのような、口を水平に突き出す無言の笑いを伴なっている。ギュスターヴは父親の方に生気の失せた顔を向ける。イヴェットは老人に向かって優しく微笑む。この微笑みが私は気にいっている。

法廷の自分の席に戻ると、家族の者たちが証人席で中傷しあうあいだ、マイエが叫び裁判長ががなりちらすあいだ、イヴェットは読書する。何を読んでいるのだろうか? 彼女が読んでいる本が分かるまで、私は執拗にうかがっていた。それは『愛が勝利するとき』[このようなタイトルの本は見当たらない。しかし「勝利する」という動詞だけが異なっている本なら何十種類もある」である。私は作り話を書いているわけではない。

★

マイエ。彼の証言。「あんたがあの叫び声を聞いていたらなあ、怖かったぜ、とギュスターヴは私に言いました。あの叫び声を聞いたとき、あんたはどこにいたんだい、と私は彼に訊ねました。あそこ、ウマゴヤシのなかだよ、と彼は答えました」

それでおしまいだ。この情景をもう少しはっきりさせようという試みは行われない。ギュスターヴが質問を受ける。

「あなたはウマゴヤシのなかにいたのですか?」

「いえ、私は寝ていました」とギュスターヴは答える。

結構。完璧。終わりだ。

被告人は、その答弁に関心を示し、身体を前に乗り出す。しかし、その話題が続かないのが分かると、彼は二人の憲兵のあいだに身を潜めてしまう。

二千語の単語を使いこなせる被告人なら誰でも、この訴訟をほとんど無罪の状態で切り抜けることができたであろう。さらに、それに加えて、いくらか言葉の才能があり、話術に恵まれていさえすれば、無罪放免されるであろう。どのような自白をしてしまっていたとしても。

★

それらの自白は調書に正確に記録されているのだろうか、と私は訊ねてみた。もちろん、細心に、という答えであった。ただ、それらの自白はフランス語で記録されている。

★

最高の見せ場。証人席の前にある、せいぜい一メートル四方の小さな壇が被告人訊問用腰掛けだが、そこに被告人の娘であるカイヤ夫人、ギュスターヴ、クローヴィス、そしてマイエが集まっている。ギュスターヴは、このたびは姉に支援され、ふたたび鼻と鼻を突き合わせてクローヴィスを罵倒する。クローヴィスは、訳の分からないことを規則的に叫んでいるマイエに支援されている。

被告人(自分の席から立ち上がり、クローヴィスの方を指さして) あの男、あの男だ。あの男を見てください。カービン銃が誰のものだったかお前に言ってやろう。あの銃はお前のものだ。

私には分かっている。あの銃を修理したのはお前だ。私には分かっているぞ。


(おやおや。彼はカービン銃は一度も見たことがないと言い張っていたはずだ! このことは私には重要だと思われる。誰も動かない。まるで裁判長が「さあ、さあ、原典だ、原典に戻ろう、本題からそれないように」と言っているかのように、万事が進行していく。)

ピエール・シーズ[一九三五年以来ジオノの知り合いの新聞記者。この裁判の頃は「フィガロ」紙のコラムニストであった]は、私と同じく、また他のみんなと同じく、被告人のこの言葉を聞いたので、翌日の彼の記事のなかで「裁判長は耳が聞こえないのだろうか?」という問いを投げかけている。

★

嘘つきのペラン青年。彼が真実を言ったことは一度もない。真実がどういうものか知っていない。

しかし彼は証言する。

ペラン　犯罪のあった朝、私も見に行きました。
裁判長　あなたが着いたとき、現場には誰がいましたか？
ペラン　憲兵曹長と憲兵です。
裁判長　何が見えましたか？
ペラン　キャンプ用のベッドの下に、青いパジャマをつけた男の死体が見えました。

裁判長は呆然自失する！　青いパジャマは一件書類には記載されていないのだ！　しかも、それはとても重大なのである。というのは、事実、その通りなのだから。ジャック氏は青いパジャマを身につけていたのである。

憲兵曹長が呼ばれる。

彼は、死体はキャンプ用のベッドで全身が覆われていたので、見えるはずがなかったと断言する。憲兵もまた、同様に、死体は見ることはできなかったと断言する。憲兵たちの証言とは裏腹におそらく死体は見えていたはずだということを証明するような思いがけない写真が見つかり、回覧されている。その写真は私のところへもまわってきた。私はその写真を見つめた。その写真は何も証明していない。何も明らかになっていない。死体は見えていたのか、見えていなかったのか、よく分からないのである。憲兵たちは見えなかったと保証する。だが、憲兵たちの証言はそれほど尊重されることもなく、ペランは席に戻される。私の右手にいる司法官が「あのペランは息をするように嘘をつく」と言うのが聞こえた。ところが、この場合、彼は嘘はついていない。彼が嘘をつかなかったのは、この場合だけである。犯罪が発見された朝であり、彼は「見るために」やってくるまで自分の部屋で眠っていたと断言しているのだから、ペラン青年はどうして死体が青いパジャマをつけていたなどということを知ったのであろうか?

★

法院検事は陪審員たちに言う。「あなたがたはバス＝ザルプ県のエリートです」

陪審員たちは籤引きで決められたのだから、その籤が間違いなくバス＝ザルプ県のエリートを引き当てるというのも変な話であろう。

彼らはエリートではない。しかし、善良な人々である。彼らはメモをとることもなかったし、質問も一度もしなかった。あるとき、彼らがひとつの質問を投げかけるのではないかと誰もが思ったことがあった。論告文のすぐあとで、最初の陪審員が立ち上がった、らしい(私はその場にはいなかった)。

「裁判長殿」彼は言う。「同僚たちと協議した結果、今晩で終わりということにしていただきたいのですが」

★

私はローザン法院検事の論告は聴かなかった。新聞に掲載された論告文は読んだ。私は注意深く読んだし、数日後には、テープレコーダーで聴いた。

私は未開の国の王様たちに出会ってもびっくりしたりすることはない。その叙情性にもそれほどびっくりすることはない。私は彼らと同類の人間である。私は被告人がどういう体質を具えているかということをほぼ心得ている。というのは、彼を形成している材質と、その材質に七十六年にわたり生命を吹きこんできている精神、そうした材質と精神が私の知っている農民たちを形成してきた実例を私はこれまで無数に見てきているからである。論告文のバス＝ザルプ県の描写は私には表面的すぎると思われる。この地方の複雑な現実を表現するにはほど遠いものである。私なら法院検事のために「詳細な調書」を作成することもできるであろう。そこでは、被告人は、おそらく、無罪放免ということにはならないかもしれない。だが、私がそれを作成することはないだろう。類推のみを頼りに話すという誘惑にかられてしまうからである。

しかし、この論告のなかの、私には非常に重要だと思われるパッセージをここに書き写しておきたい。以下の引用文を、読者には注意して読んでいただきたい。

あの哀れな男ギュスターヴが何をしでかしたとしても、何か意味があるのだろうか？　ギュスターヴは、あんなことをやっているようでは、父親に自分の目を睨みつけられたら、犯罪を犯したのは自分だと思ってしまうだろう。父親が彼に「ギュスターヴ、お前は殺人者だ」と言えば、ギュスターヴはつい「そう、俺は殺人者だ」と答えてしまうかもしれない。

私は恐れた。おそらく、とんでもない間違いがおかされるのではないかと。ひとりの男が自分の脚で立ちながらよろめいているという状況を私は理解した。彼は何ら非難されるところがないのに、父親の言うことに従ってしまうのである。そこで、蝿にさえいたずらしないような彼が、自分がやってもいない犯罪の下手人だと認めようとしていた。

この父親と息子が面と向き合っていたとき、私は彼を理解した。次のようなやり取りを思い起こしていただきたい。「真実を言うんだ、ギュスターヴ」と殺人者はわめいた。「お前は殺人者を知っているじゃないか。」あなたがたはこの瞬間を記憶しておられるだろうか？　よろめいているギュスターヴが頭を下げ、「俺は殺人者だ！」と言うのではないか、と私は恐れていた。そんなことになっておれば、ひどいことが起こったことであろう。私たちは裁判で間違いを犯してしまうことになったであろう、みなさん。私は、ガストン・ドミニシの有罪についてもはや誰にも納得させることができなくなっていたことだろう。翌日には、新聞の大見出しが

「真実が明白になる！　ギュスターヴは、父親を告発したのは間違いで、自分こそ真実の殺人者だということを認めた」などと公表したであろう。正義が正義であることを止めるとき、本物の正義が取り戻されたとみんなが思いこんでしまうという、ぞっとするようなことが起こったことであろう。裁判長殿、あなたはおそらく私と同じように感じておられたことでしょう。あなたがあのひどい場面を引き伸ばしておられたら、無実の人間がみずから有罪であると認めることになるだろうということを、あなたは理解しておられたのだ。というのも、あの無実の男は、自分の親方の声を聞きとったし、親方を支えようとしてもイヴェットのような視線は持ち合わせていなかったのだから。裁判長殿、あなたはそこできっぱりと審議を打ち切られた。あなたはおそらくあの悲劇的な事態を回避され、私たちが真実のなかにとどまっておれるよう手を打たれた。ギュスターヴが無実だということを私たちは確信している。

これを読まれた読者の方には沢山のことに気付いていていただきたい。

私としては以下のようなことに注目しておきたい。

一「ギュスターヴが何をしでかしたとしても、何か意味があるだろうか？」彼自身の自白によれば、彼は死体に触れたし、まだ生きていた娘を目撃しながら援助の手を差し伸べるということを怠った。自分の父親を告発した。ふたたびその告発に舞い戻った。

二　「父親に自分の目を睨みつけられたら、ギュスターヴはつい〈そう、俺は殺人者だ〉と答えてしまうかもしれない。」法院検事のこの仮定は間違っている。というのは、被告人に対する訊問の冒頭において、あまり働き者ではないギュスターヴが、グラン＝テールのいくつかの区画を荒れ地のままに放置していたので、ギュスターヴを激しく罵倒したということを、被告人は認めたし、被告人は認めたくはなかったが認めたのである。被告人がギュスターヴに催眠術をかけて働かせることができなかったのであれば、ギュスターヴが犯罪を犯したと認めさせる程度まで催眠術をかけるというのはいっそう不可能なことであろう。

三　「次のようなやり取りを思い起こしていただきたい。」ギュスターヴの唇のあいだから出ようとする言葉をさえぎるという裁判長の態度を理解しておく必要が感じられる。このことは、だから、重要であった(私はすでにそのことは明らかにした)。

四　「〈真実を言うんだ、ギュスターヴ〉と殺人者はわめいた。」そうではない。議論のこの段階では、ガストンは殺人者ではない。彼は被告人でしかない。本当の言葉(誠実な言葉)は次のようなものであるはずだ。「真実を言うんだ、ギュスターヴ」と被告人はわめいた。「お前は殺人者を知っているじゃないか。」(これで事態が大きく変わってくることになる。)

五　「そんなことになっておれば……、ギュスターヴが俺こそ殺人者だと言っていたら……、私は、ガストン・ドミニシの有罪についてもはや誰にも納得させることができなくなっていたでしょう。」法院検事が被告人の有罪を誰にも説得できなくなるには、「俺こそ殺人者だ」というギュスターヴの二語で足りるというのであるならば、それはつまり、ギュスターヴの告発以外には被告人を有罪とする証拠が何もないということである。彼の自白も、現場検証も、クローヴィスの告発も重要なものではなく、この被告人を断罪するには法院検事の確信しか頼りにするものはないということになってしまう。私は忘れていた！　その確信に一件書類が加わる。しかし、法院検事の言ったことに従うならば、かりにギュスターヴが「俺こそ殺人者だ」と言えば、この一件書類といえども、もはや誰を言い負かすこともできなくなってしまうのである。

裁判長がテーブルを叩き、「法廷は休憩とする」と言う必要があったということが理解できる。

六　「ギュスターヴが無実だということを私たちは確信している。」これは根拠のない断言である。何故彼が無罪であるのか、その理由を説明してもらいたいものだ。私はギュスターヴがどうあっても有罪だなどと言うつもりはないが、彼の無罪を断言するなら、その断言の理由を明らかにしていただきたいものである。

私はガストン・Dが有罪ではないと言っているわけではない。彼が有罪だということは証明されていないと指摘しているだけである。裁判長、陪臣員、裁判官、法院検事、検事、彼らの誠実さと公明正大さに疑問の余地はない。しかし彼らは被告人が有罪であるという確信を心のなかに持っている。彼らの心のなかの確信に私は納得するわけにはいかない、と言っているのである。

★

★

殺人ということは別にすれば、ガストン・Dが大人物だということには誰もが同意するであろう。おそらく下品で無作法で残忍かもしれないが、勇敢で誇り高く一徹なのは間違いない。非常にこまやかな偽善がうかがえるが、それはイタリア・ルネッサンス風である。裁判所、赤い衣服をまとった男たち、憲兵たちや兵隊たち、そうしたものが彼に強い印象を与えることはほとんどない。あるいは、強い印象を受けていたとしても、彼がそのことをあらわにすることはない。礼を失することなく、良識をもって、彼が裁判長と丁々発止の言葉の応酬をしていたのを私たちは目撃した。ただ、そのことには自分で責任をとることになるのだが、彼は時として反抗的になることがある。心理的な捜査からさまざまなことが分かってきているにもかかわらず、彼は立腹していなくても反抗的な態度を見せている。彼は狡猾だが巧妙ではない。何度も彼は自分の醜い姿を見せた。寛容になることが人目をひくならば、彼は寛容になることができると私は思っている。彼のきわめて制限された語彙力〔議論が行われているあいだを通じて彼の用いた語は三十五である。一語たりともそれ以上ではない。私は数えていた〕にもかかわらず、あるとき、「私は、羊小屋でまるで羊のようにつかまってしまった」と言いはじめた彼は、孤立した羊飼いという自分の状況をこの完璧なフレーズで表現することができた。私は友人たちを見つめた！　私たちはびっくり仰天した。あやうくこのフレーズを書きとめるのを忘れるところだった。後悔している。

彼は例外的な人物ではない。オート＝プロヴァンスの丘や山のなかに住んでいる彼のような人間を千人も私は知っているし、そのことはすでに述べた。替え襟をつけ、雌山羊を飼っているスガンさんのような人間［アルフォンス・ドーデの『風車小屋便り』の「スガンさんの雌山羊」への言及］がいると信じこんでいる人たちは、そういう事実にショックを受け、私にそのことを非難してきた。このことは、人がある土地に住んでも、その土地のことを知らずにおれるということを証明している。彼らは自分の住んでいる土地を知らない。というのも、彼らは商売をするために、政治を行うために、自分の政策を実行するために、その土地を利用するだけなので、その土地の本当のことは何も知らないのである。「この土地の観光の将来を心配している」と彼らは言うだけである。

★

運命。一方は大英帝国に住み他方はグラン＝テールに住んでいるという風に、互いに二千キロ以上離れている二つの家族。大英帝国の家族は動きはじめ、英仏海峡をわたり、パリに触れ、フランスを南下し、ディーニュを通りすぎる。単なる休憩地にすぎなかったのだが、闘牛を告げ知らせるポスターが目にとまる。

（ディーニュは闘牛の町ではないということと、にわか作りの闘技場できわめてまれに行われるこのイベントは概してじつに醜いということに注目していただきたい。）

イギリス人家族はその闘牛のために席を予約し、ヴィルフランシュ、友人たち、太陽、人生などに向かって旅を続ける。三日後、予約した席のためにイギリス人家族は引き返してくる。家族はディーニュに戻り、闘牛と名付けられた騒動を見物し、すぐさま退屈し、途中でその場を立ち去り、グラン＝テールにいたる街道を進む。

その間、そのときまでは何の歴史も持っていなかった、もうひとつの不可思議な家族は自分たちの畑を耕し、狩りを行ない、魚を釣り、密猟を行っている。

八月の夜。

二つの家族が出会う。一方は消え去り、他方は粉々に砕け散る。

そして寺院の列柱が揺り動かされる「それまでの秩序が崩れていく」（私もまたいささか叙情的な

表現を試みてみた)。

一九五四年十二月二日

人間の性格についての試論

証人たちの性格を理解するのは難しかった。新聞記者たちは、記事を即座に書く必要があるので、そうしたことに興味を抱く時間的な余裕がなかった。新聞記者のなかには事件に対する好奇心までなくしてしまった者もいた。彼らはこの裁判以前に何百もの裁判を見てきていた。彼らには報道の能力まで不足していた。彼らの多くにとっては、これは単なる農民の事件、裁判にそれほど集中する必要のない事件にすぎなかった。最初の数ページは大げさな見出しをつけるだけで充分だった。購読者のために、響きと怒り[『マクベス』(第五幕第五場)から借用されたこの表現はフォークナーの長篇物語のタイトルでもある]で満ちあふれた物語が書かれた。私はこの響きとこの怒りにひとつの意味を与えてみるつもりである。

私はほとんどすべての審問に出席した(私が欠席したのは最後の三回の審問だけだが、そこで問題になったのは雄弁だけだった)。私は被告人、証人たち、陪審員たちを知っていた。彼らのような人々を知っていたと言う方がより正確であろう。

対立する立場に置かれていたとはいえ、一方の側の被告人と証人たちと、他方の側の陪審員たちは、同じ性格の持ち主であった。被告人は、それ故に、例外的な人物ではない。私は彼のような人間を沢山知っている。私がこんなことを言ったので、正義や真実よりは観光の将来の方を心配する人々は、大きな叫び声を発した。雌山羊を飼っているスガン氏が観光案内所のパンフレットのなかでは幅を利かせているということを、私はよく理解している。雌山羊のスガン氏は非常に優しい。彼には間違いがひとつしかないが、それは彼が存在しないということである。

現在、世界中の注目を集めている人物たちの感情と情熱のからくりを説明しようと企てるならば、何故私がそうするに足るだけの正当な理由を持っているのかを、まず述べるのが適当であろう。私が書いた作品を出版するようになる以前、つまり一九一一年から一九二九年にいたるまで、私はマノスクで銀行員として働いていた。この地方の農民たちは私の顧客であった。一九年から二九年にかけて十年にわたり、私はその銀行の「外交員」であった。つまり、村から村へ、農場から農場へ、私は証券を預けていくという仕事に従事していた。私の仕事は、箪笥のなかの下着の山の下に隠されている金を預かり、それと交換に大きな書類を渡すというものだった。その大きな書類の上には、いろんな記号や、寓話や、鉄道や、椰子の木などが描かれていたが、その書類は国家に保証されたものであった。国家に保証されているにもかかわらず、そうした証券は、証券取引所へ上場して三か月後に、元来の価値のたっぷり三分の一は値下がりしてしまったと言っても、誰をも驚かせたりすることにはならないだろう。この損失をこうむった人々をふたたび訪ね、さらに金を出すように求める必要があった。その金も彼らは失うことになるのである。こんなことをうまくやっていくには、農民たちのことを知っておく必要があるということは容易に理解していただけるであろう。私がこういう仕事に十年間も携わっていたのは、万事うまくやっていたからだと言うことができるのである。

私が、こうした経験が結実したおかげで完成することができたとも形容できる最初の数冊の本を出版したとき、本の中で登場する「私の農民たち」は真実ではないと人々は言った。今となっては、私が描いた農民たちが真実であったということはみなが認めるところとなっている。

私たちの現代的な魂は、その大部分が現代的な文明によって構成されている。私たちの愛情の能力、憎悪の能力、寛容の能力、エゴイズムの能力、これらは快適さ、科学的な脅威、新たな苦悶、黄金時代への希望などによって変貌を強いられてきた。私たちの喜び、欲求、習慣、必需品は、私たちの祖父母たちには想像もつかなかったようなものになっている。しかしながら、現代的な文明がまだ浸透するにいたっていない広大な地域が存在する。

古典的なプロヴァンスは存在する。しかし、そういうものを私は一度も見たことがない。この六十年間、私はマノスクに住んでいる。そして私は野生の土地を知っている。

ある地方の形態や色彩や体質を決定する自然の法則は、その住人たちの体質をも決定する。山人を船乗りから見分けるにはラ・パリス[一四七〇頃—一五二五、フランスの元帥。「彼が死ぬ十五分前、彼はまだ生きていた」という、彼を題材にしたと伝えられているシャンソンで有名」がいれば充分である。庭師と羊飼いのあいだにも同じような相違点がある。その相違は、一見したところそれほど明白に見えてこないかもしれないが、それでもやはり際立ったものがある。林檎の果樹園の主は、アーモンドの果樹園の主とは異なっているであろう。広大な地平線はひとつの魂を作り出す。深い谷、狭い谷間は、また別の魂を作り出す。泥土の上に居を構えている農場主が求めている幸福は、石ころだらけの高原でラヴェンダーに囲まれ住んでいる農場主を満足させる幸福とはほど遠いものがあるであろう。生涯にわたって受けてきた風や雨の体質が、その生涯の体質に独特の形態を与えることになるのである。

旅行者はコート・ダジュールに出かける。車の燃料ポンプから燃料ポンプへ、美食を満足させてくれるホテルからホテルへ、国道から国道へ、土木局が標識を立てた道をたどり、プロヴァンス特集の雑誌を手にして、旅行者は、真実のものは何も見ることなく、万事が人工的であるような土地に到達する。そこでは、彼が待ち望んでいるものを提供するために用意万端が整えられている。青い空、静かな海、太陽、蝉、優しい冗談、素敵で滑稽な人々などについて彼は聞いてきている。彼は見い出そうと期待してやってきたものをすべて見い出す。自分の夢があまりに完璧に実現してしまうので、彼はもうそれ以上のことは何も望まなくなる。

旅行者たちは、リールやルベやトゥルコワン（ノール県の三つの町）のあたりから、あるいはベルギーのどこかから、それともある工場（有給休暇ができたために、カンヌ郊外にテント村が花咲く）

などからやってくるものと想像できる。彼らはよく噛みしめた夢に向かって進む。彼らは、リュウゼツランが植わっていて欲しいと思っているちょうどその場所にリュウゼツランが植わっているのを見出す。後ほど旅行の収支決算をする者もいるが、まったくしない者もいる。後者が大多数である。

いくらか精神的なことに誇りを持っている人たちは、法王庁や大司教館のタピスリを訪れる。ロマンチックな人たちはヴェルドン渓谷に行く。常連たちは新参者たちに、ペタンクのためにはマルセイユ郊外を、真夜中の海水浴場を、マダム（アブヴィル［パリ北方のソム県の町］出身のマダム）が口汚い魚屋のような独特の言葉使いをするキャバレーを教える。学識のある人たちは、サント［＝マリ＝ドゥ＝ラ＝メール］やレ・ボについて語る（サントで売られている信仰用の品物はチェコスロヴァキアで作られたものだし、レ・ボの職人たちはカンペール出身である）。詩の愛好家たちは一八五〇年に作られた民俗的な詩をむさぼり読む。裕福な実業家たちは、彼らの言うところでは無分別の極みを押し進めた結果、トゥレイヤ［カンヌの近くの海岸の町］の赤い岩の上に、老後に備えて浴室つきの「海の星」という別荘を建てる。

キリスト生誕の模型の子供向きの様式や、第三共和国にとっての精神的なウェルギリウスの文学に従い、万事がきわめて巧みに組み立てられている。商業の必要性に応じて（商業の必要性が鉄の規律を課すことができるかどうかは誰にも分からない）、現代という時代のそのような必要性にこたえる装置が据えつけられている。こういう事情なので、私がプロヴァンスは未知の土地であるなどと言っても、誰も私の言うことなど絶対に信じないであろう。

しかしながら、ディーニュのこの裁判所の法廷は存在する。

他の場所ですでに言ったことを、ふたたびここで簡単に述べておく必要がある。プロヴァンスに統一性はない。プロヴァンスは多様であり、様式化を受け付けない。プロヴァンスは、大雑把に言うとバス＝プロヴァンスとオート＝プロヴァンスという二つの地方から成り立っており、これら二つの地方は触れ合ってはいるが、互いに千キロも離れているのかもしれない。両者は限りなく似ていないのである。

地面が立体的になっている地図で、明るい緑色で、つまり平原を示す色で塗られているすべての土地はバス＝プロヴァンスに属する。それは、ローヌ河の渓谷であり、カマルグの湿原であり、クロ平原であり、ベール湖周辺であり、コンタ[・ヴネッサン]の野菜用の沖積土であり、カヴァイヨン周辺におけるデュランス河とローヌ河の合流点であり、エクスのいくつかの小さな丘であり、マルセイユの管轄地域などである。そこにはサント＝ボームの山塊や、サント＝ヴィクトワールの輝かしい斜面が含まれている。つまりエクスからニースにいたる街道に面している南斜面(ヴォーヴナルグとリヤンスを結ぶ稜線の北斜面はすでにオート＝プロヴァンスである)や、トゥーロンや、ヴァール県の沿岸地方や、ヴァール県などが含まれる。海からアルジャンの流れ[アルジャンはオート＝プロヴァンス県のアノの近くの村]まで。もっと完璧にあらわすとすれば、サン＝マクシマン、バルジョル、カルセス、ドラギニョン、グラスを通る線までということになる。

これ以外の土地は、東のアルプスにいたるまで、すべてオート＝プロヴァンスである。北の門はシストロンにある。この門の向こうにも、私たちとこれから関わりを持つことになる性格とよく似た性格を見い出すことはできるにしても、シストロンの北側はドーフィネ地方であり、類似しているのはもはや民族的な理由によるものではなくて、孤独な生活によって精神が形成されていくという点が共通しているからである。こうした類似性を受け入れるとすれば、モンゴルにおいて、さらにメキシコの砂漠のなかでも、オート＝プロヴァンスの人間を見い出すことが可能であろう。孤独な生活による精神の形成ということについて話さねばならないだろうから、それぞれの個人的な状況を判断していくよう努めよう。つまり、地面が立体的になっている地図で、山や標高四百メートル以上の丘の色である濃褐色で色取られているところが、オート＝プロヴァンスである。バス＝プロヴァンスにせりだしている稜堡《りょうほ》は、ヴァントゥ山、カルパントラを見下ろすアルビオン高原、アプトまでのマノスク周囲の丘、ミラボーまでのヴァランソル高原（ミラボーの隘路《あいろ》が南の門である）、サント＝ヴィクトワールの稜線、オプス平原などである。リュール山の向こうでは、オート＝プロヴァンスはバロニ地方まで続いている。険しく野生的な谷間が錯綜するなかで、境界がどこか分からない状態で、オート＝プロヴァンスは雑種のドーフィネ地方と混じりあい、驚異的なプロテスタントたちの種族を生産している。

ディーニュはオート＝プロヴァンスにある。チベットに長期間滞在していたことで有名なアレクサンドラ・ダヴィッド＝ネールは、ディーニュに定住した。ディーニュは、彼女が長く生活したあの荒涼とした魔術的な地方を彼女に最高に思い起こさせてくれるヨーロッパの光景であるだけでなく、気候風土（アンドレ・モロワがこの語に与えているのと同じ意味において）が同じだと、彼女は断言している。ガッサンディはディーニュ出身である。ディーニュの周りの山のなかの谷間は長期間にわたり最後のジャンセニストたちをかくまってきた。アグリッパ・ドビニェは、彼の『世界の歴史』のなかで、シストロンのプロテスタントたちを「自らを統治する君主たち」と形容している。宗教戦争は双方とも極度に激しく残酷だった。少数者たちはつねに妥協しなかった。拷問と大量虐殺は、この地方では、とどまるところを知らなかった。武装解除された信仰は傲慢になり、剣と松明［火刑］に訴えかける。オート＝プロヴァンスは教会分離の地でもある。マノスクから十一キロ離れたところにあるヴィノンで一九三一年にそうした例をひとつ私は体験したことがある。私はアンドレ・ジッドをそこに連れていった。草原で行われたラルシュ・ドゥ・ラリヤンス［契約の箱舟］の儀式に私たちは立ち会った。分離派の同僚の後任としてやってきた若い聖職者は、鐘を鳴らすために何度も紐を引かねばならないので、ぐったり疲れてしまっていた。村中の人々は、それまで奇妙な振る舞いをする年老いた導き手に従ってきていた。八百人もの村民がいるのに、カトリック教徒はひとりも残っていなかった。人間たちに挑戦するように、神に挑戦するわけだ。共和歴二年［一七九三年］から六年［一七九七年］にかけてバス＝ザルプでは、強盗行為は公然たる事業であった。定期市で仕事が開始されるのであった。一味の首領たちは、刈り取り人を募集するのと同じように、仲間を募集するために定期市にやってきた。家族の意見をきいたうえで人は自ら強盗を志すようになった。それは職業であった。皇帝のために日々の個人的なメモを書きとめていたフーシェ［政治家、一七五九―一八二〇］は共和歴八年［一七九九年］風月［六月］二十九日に、以下のように記している。「バス＝ザルプ県は絶えざる騒乱状態に置かれている。かの地では人々がそれぞれ見解を持っているが、その見解がみんなに認められるということはぜったいにない。公開されている相続が市民法典にのっとり解決されることはぜったいになく、当事者たちが、昔からの権利を基礎的に遵守しつつ、互いに合意に達することにより解決されている。二人の逃亡者の逮捕をきっかけにして、ディーニュで起こった二つの反乱の首謀者たちは、明らかに有罪であるにもかかわらず、起訴陪審により無罪を言いわたされたばかりである。」

一九二一年のことだが、リュールの山のなかに埋没してしまいそうな集落の最後の住人が私の顧客だった。彼は廃墟にひとりで住んでいた。ラヴェンダーの摘み取りと蒸留を生業としていた。彼が六十万フラン以上の財産（一九二一年当時）を持っているのを私は知っていた。彼は二匹の巨大な犬とともに暮らしていたが、その犬たちはいつも彼のベルトにつながれていた。二匹の犬は、彼を引き裂くことなくしては、彼から離れることができなかったので、一九二六年に彼が死亡したとき、彼を食ってしまった。

冠のような黄金色の銃眼がほどこされている丘の上の村のいくつかは、かつてはハンセン病患者の収容施設であった。不名誉な印が今でも門の上に刻印されている。その上、何度も火事が起こったのにもかかわらず、そうした村はいかなる噂にものぼらない。オート＝プロヴァンスのこのような沈黙について知っておく必要がある。広大な地域の全体が沈黙している。百キロ平方もの土地は、むきだしなのに、そこでは何も動かない。村々は、きわめて貴族的な灰色の岩によって、青い空のなかまで運び上げられているのである。ただそれだけのことである。

そこでは、我を忘れてぼんやりすることはご法度である。それこそたえず耐え忍ばねばならない昔からの人間の条件である。反乱は社会的なものではない。希望は、いつでも手作りなので、個人に役立つだけである。完璧な天真爛漫から徹底的な堕落にいたるまで、こういう風に事は進んでいく。

通りはがらんとしている。ハイタカや狐がいるので、鶏は放し飼いにはできない。けっして止むことのない風だけが埃に活気を与え、まるで水の流れのように石を変質させてしまう。住人がすべて死んでしまったいくつかの家の戸口を風が摩滅させ続ける。そこにたたずんでいると、見えない人間の足音を想像することができる。屋根窓を補強している鉄の木苺模様は、十八世紀に鍛えられ、彫琢され、固定されたものである。

あなたに家のドアをノックするような知人がいないのなら、あなたはその村を歩きまわればいいだろう。村は無人のままであろう。そこに共同社会があると考えてはならない。そこに住んでいるのはそれぞれ自分自身のために暮らしている個人である。隣人たちが、何週間にもわたってたがいに言葉を交わさないことだって時にはある。ひとつの家族の構成員たちは、生涯にわたり外部との接触もなく、感情を表に出すこともなく、肘を付きあわせて暮らしている。結婚は誘拐によって行われる。サビニの女たちが誘拐された「ローマの建国者ロムルスが人口を増やすためにサビニの女たちを略奪したとされる」ようなやり方ではなく、必要な時間のあいだ、つまり一年とか二年にわたって小さな盗みを忍耐強く積み重ねていくといったやり方である。それは精神の盗みであり、男が望む女の、あるいは女が渇望する男の自由を少しずつ取り除いていくのである。そうした操作を行っているあいだ、物質的なことは別にすれば、昆虫のような無関心が観察される。

家のなかで男が主《あるじ》であると考えるのはお粗末な見込み違いである。一見してそのように見えない場合でも、女が主であるということがよくある。息子や娘が主である場合もときとしてある。もちろん、父親が主である場合だってあるが、しかし族長はけっして存在しない。グラン＝テールに主はいない。みんなが意見を交換するということは決してない。それぞれが自分の考えを胸に秘めている。孤独は完璧である。種子だけが父から母へと伝えられる。それ以外はすべてが沈黙に包まれている。

情熱が欠如しているわけではない（私が愛情についてさきほど述べたことについてさえ同様である）。憎悪は凶暴で、怒りは止めどなく、野心は途方もない。嫉妬と欲求は奇跡を生み出す。美徳は、いわゆる文明化した人間の美徳と共通の尺度ではかるわけにはいかない。寛容さは唖然とさせるものがある。優しさは大罪の香りを発する。友情は自然の法則でさえ無視する。勇気は油壺のように平静である。

彼らは羊の群れや、養蜂や、ラヴェンダーや、瞑想などを生業《なりわい》としている。彼らは気晴らしを必死になって追い求める。だから、彼らはいろんなことに通じている。彼らは教養はないが、物知りである。そのような知恵は若いときに得られる。二十五歳にして、世間では老人の経験と呼ばれているような経験を彼らは身につけている。村の白痴と言われているような男でさえ、じっさいに村の白痴である男でさえ、その例外ではない。彼らの孤独な生活は人間(自分自身、または他人)との絶えざる戦いに明け暮れるので、彼らは人間を知っている。誰とも接触がない(戦いという形での接触を除けば)ために、彼らは何でも自分で学ばねばならない。つまり、何事も自分で試みなければならないし、何事でもゼロから始めねばならないし、何事についても自分の考えを持っていなければならないのである。だから、彼らが何事かを習得すると、一種の傲慢さがつきまとうことになる。謙虚さに達するには、超人的な力が必要である。彼らだってときとして謙虚なこともある。そのようなときには警戒しなければならない。というのも、彼らが謙虚さに辿りつくのは、計算づくなのだ。

以上の全体的な考察は、先祖から継承されてきている体質や、それぞれの村が置かれている状況により村ごとに異なっている生活条件は考慮にいれていない。そうした村人たちはすべて裕福ではあるが、彼らは閉ざされた経済状況で生活しているので、裕福さが彼らの自尊心を満足させることはあっても、裕福さは彼らには何の役にもたたないということを付け加えておく必要がある。彼らは裕福である。本当に裕福であると私は言いたい。百万フランの蓄えがあるとも言われている。彼らの土地は、穀物やジャガイモを大量に生産することができないので、貧弱だと見なされているが、彼そこではラヴェンダーが栽培されているのである。ラヴェンダーのエッセンス（精油）は非常に高く売れるし、直接に消費される大地の産物のように価格の変動にそれほど支配されることがない。貧しい者も幾人かいるが、彼らは裕福な者たちの召使になる。つまり、先ほどの全体的な考察を当てはめてみると、貧しい者は自分の持っている才能のすべてを発揮するのに適した場所にいるので、その結果、彼らは味わいのある生活を楽しむことができる。悲惨な暮らしは存在しない。悲惨な生活があるとすれば、それは自尊心の別名である。

被告人はブリュネに住んだことがある。ブリュネとはアッス渓谷にある村である。アッス川はデュランス河の左岸にある支流である。それはムール・ドゥ・シャニエ山の北斜面から流れ落ちる急流であり、オレゾンの四キロ南で、つまりグラン＝テールの十キロほど南で、デュランス河に流れこむ。

アッス渓谷の上流域と中流域は狭く、その景観は絶望的である。太陽は夏でも一日にやっと三時間、冬になるとかろうじて一時間さしこむにすぎない。急流は黒い頁岩《けつがん》を切り裂いてきた。植生は貧弱である。丈の低い楢、黄楊《つげ》、短い秣《まぐさ》などが見られる。秣は、秋になるとすぐに狐の毛のようになる。春になっても生命の兆しは現われない。ヒナギクさえ生えてこない。

じつに長期間にわたり、ジャンセニストたちがこの渓谷に住みついていた。スネスの司教が思いおこされる。アッス川は、灰で覆われた高原の原っぱにある石炭がとれる小さな村ブリウを通りすぎ、人口五百人のスネスに達する。司教区はイラクサに蝕まれている哀れな教区である。聖堂は長さ十五メートル、幅六メートルで、壁は地衣類に覆われている。

アッス川は、スネスを過ぎ、セール・ドゥ・モンドゥニエやトレヴァンの花崗岩の支脈をぐるっと迂回し、メゼルを過ぎたあたりで、ついに、あだっぽい小さな渓谷になっていく。本物の花が咲いている草原と、柳の木立が交錯している。ウェルギリウス風だと言えるが、スネスが司教区であったような具合にウァルギリウス風なのである。渓谷の幅は千五百メートルある。両岸から、孤独が渓谷を監視している。両岸で、高原の縁に立ち並び、風に苦しめられている黒いアーモンドの木々の列が見張りをしている。

デュランス河との合流地点に近づくと、アッス川は次第に沢山の泥土を広げるようになり、川床を作り、その周囲にはぼ二キロもの幅の平原が現われる。リュール山がその谷間の開口部の正面に位置している。デュランス河のうろこが光っているのが見える。昔からずっとイタリアに通じてきた街道のざわめきが、向こうの方から聞こえてくる。ここでは、ひなびた地方の沈黙にたどり着くということはないにしても、私たちは生気の失せた腕に抱きかかえられているようなものだ。

農場は豪華で、小麦やアーモンドを産出する。人々は互いに行き来する。つまり隣人たちを観察しあうために互いの家を訪問する。この地方では雨嵐は猛烈であり、夏祭りは寂しげである。笑うのに苦労しなければならない有様だ。二十年前には、最後には、ときには殴り合いにまで発展する乱闘になるのが普通だった。人々はありとあらゆる手段を使って笑いを引き出そうと試みるのであった。嘲弄が用いられることもあり、それは理解されなかったりする。全員がまきこまれるこの乱闘は、勝利と敗北で終わるわけだが、集落に対する愛着を呼び覚ました。その結果、ずっと前から人々はもはや聖人たち(とりわけ聖パンクラス[聖パンクラスはマノスクの守護聖人])を祭らなくなってしまった。数年前から、その祝祭を再開しようという試みが見られる。春になり、アッス川が雪解け水を運んでくると、街道は反対の方向に移動牧畜の羊の群れを運んでいく。

渓谷の河口から十五キロのところにブリュネはある。左岸に、つまりヴァランソル高原の北斜面にある。それ故、暗い森のなかのブリュネに、一日中太陽の光が射すことはない。それは老人たちの村である。

北斜面にあるこうした村のすべての住人たちは、少しずつ離村していった。そして一四年戦争[第一次大戦]に続く数年のあいだ、離村は急に大がかりなものになった。英雄的な時代には、つまり隠れる必要があった時代(私は古代のことを言っている)には、これらの村にかなりの人々が住んでいた。物陰のなかに隠れることができたからである。アッス川の右岸では、二キロ離れたところからでもブリュネは見えない。ブリュネは斜面の中腹に雀蜂の巣のように築かれているので、かりに発見されたとしても、最悪の場合でも何とか防御はできる。街道の兵士たちにはもっとほかにやるべき大事なことがあった。十九世紀を通じて、ブルジョワに対する恐怖が離村に歯止めをかけていた。ブルジョワは、剣は持っていないが、知的優位、商業、執達吏、冷めた心などを自在に操ることができる。つまり、内気な農民たちにとって、ブルジョワは恐ろしい存在だったのである。農民たちは隠れて暮らしていた。幸せにとは言わないまでも、ともかく平穏に暮らしていたのである。

二十世紀初頭になり、北斜面の住人たちが穴倉から顔を出しはじめた。十四年戦争のあと、世の中が繁栄していた時代になると、四十歳以下で名前が戦没者慰霊碑に刻まれていない男たちはすべて、太陽あるいは町を求めて村を離れた。町を求めてというよりも、自分たちが想像するものを求めてと言うべきであろう。左岸から右岸に移動するだけで満足した者もなかにはいた。人目にさらされても怖くなくなったのである。それがすべてである。五十歳、場合によれば六十歳までの女もすべて北斜面の村を去った。三十歳以上で、日陰の村を立ち去らなかった男たちもいたが、それは、一般的に言って、男の方が女よりも臆病であり、自分の習慣に執着するし、光り輝くものに女ほど引きつけられないからである。

それ故に、ブリュネは、北斜面の他の村々と同じく、一九二五年から一九三〇年にかけて、独身者たちの集落であった。その独身者たちがゆっくり老人になっていったのである。被告人がブリュネにやってきて住みはじめたのは、ほぼこの転回期の頃だったと私は想像する。

あくまで仮定の話ではあるが、現在にいたるまでの彼の生活がおおよそどのようなものであったかを述べることができる。犯罪が行われたときに、彼がグラン＝テールの主だったと私は思っていない。それより以前に彼が主だったとも、自分自身以外の何か重要なことの主であったなどとも私は思わない（自分自身の主であったということも怪しい！）。家族とともにいたり、孫を抱いたり、袋を肩にかついだり、山羊を先導したりしている彼の様子を写した写真のすべては、彼がポーズをとったものである。そのことで彼を責める者もいる。おぞましい犯罪が問題になっているのに、そういうポーズは不謹慎だというわけである（彼が犯人ならば一層不謹慎であろう）。彼が本当にグラン＝テールの主であったならば、彼は主のような恰好でポーズをとったりしなかったであろう。野生的な土地を所有しているこうした有力者（そういう有力者は存在するし、幾人かの有力者を私は知っている）は、もっと洗練されているし、自分たちの絶対的な力を行使するとき、彼らは大いに喜びを味わう。それはきわめてひそかで、きわめて多彩で、きわめて教育的な喜びなので、彼らが主のポーズをとるような機会が訪れるとしても、彼らは姿を隠してしまうのである。彼がポーズをとったのは、彼が主であるからではなくて、主であることを、あるいはずっと主であり続けることを望んでいたからであろう。

もし私たちがディーニュを知っているならば、さらに一八七七年にこのチベットに似ているという町がどういうものであったかを考えてみるならば、誘惑された召使の子として生まれた被告人の子供時代が途方もなく陽気であったとは考えられない。彼の母親はピエモンテ生まれで、自分の子供を養育したのだから（一八七七年は未婚の母にとって祝福された時代ではなかった）、きっと勇気があり母性愛にあふれていたにちがいないが、彼女は召使だった（しかも、門番の、つまりまさしく裁判所の門番の召使だったのである）。彼女が子供に優しくしようとしても、それはむずかしかったにちがいない。彼女にはそうするだけの時間と余裕が与えられていなかったはずだからである。

被告人は感受性の豊かな人間である（これは当然のことではないだろうか）。裁判の間じゅうずっと、彼が興奮し、その興奮を抑えておくことができないような時、人々は「彼は劇を演じている」

と言う。彼が無関心な表情をしていると、人々は「何という卑劣漢だ！」と言う。その通り、彼は時として劇を演じることがある。しかしながら、彼が劇を演じていると人々が思う時や、彼が劇を演じている現場を取り押さえられそうに感じられるまさにその時には、彼は絶対に劇など演じていないのである。そのような瞬間はきわめて稀であり、その瞬間が被告の有罪や、誤魔化しの必要性や、嘘をつくことの趣味などを証明しているわけではない。ただたんに被告人席にいるラテン的で孤独な男がちょっとした劇的な側面を見せているだけなのである。そういう瞬間を除けば、彼は誠実である。彼が興奮しているのがうかがえる時、彼は事実興奮しているのである。彼が無関心であるのがうかがえる時には、彼はカーテンを閉めてしまっているのである。

かくして、彼は充分な愛情を受けることもなく、ギュスターヴ・ドレの版画のような、みすぼらしい子供時代を過ごしたことになる。一八七七年頃のディーニュ。当時の版画の黒い線条と格闘している四歳の子供（誘惑された召使の息子）。これこそヴィクトル・ユゴーにふさわしい断章だ！もうひとり別の女の子が銃床で殴り殺され、そのために被告人が被告席に坐っている。そのような犯罪を犯した犯人はいかなる哀れみをも受けるに値しないということを、私は忘れているわけではない。しかし、被告人がこの犯罪の犯人だということを人々が私に証明したわけではない（誰に対してても証明されたわけでもない）ので、少女の殺害ということを考慮にいれずに彼について話す権利を私は今でも持っていることになる（有罪判決のあとでさえそうである、というのもこの有罪判決がその犯罪の証拠になるわけではないのだから）。

被告人は長いあいだ学校に通ったのだろうか？　私の言いたいのは、小学校のことである。長いあいだ通ったとは思えない。普通、彼のような場合、十一歳になるとすぐに、時には十歳いや九歳でさえ、子供たちはしかるべき場所にやられる。つまり仕事につかされる。職人階級の子供たちは見習いから始め、それ以外の子供たちは適当な場所をあてがわれた。彼は羊飼いに、あるいは小さな農家にあずけられたにちがいない。彼が自分の好みに従い次々と住んでいったブリュネ、ガナゴビ、グラン＝テールといった場所から、私は彼を推論することができる。大きな農家にあずけられた彼は、入手が容易な土地を好むようになったのだろう。いつかある時に、彼は長い畝がある畑に魅惑されたように思われる（それは、とりわけ一九三〇年から一九三五年にかけての頃のことだろう）。彼はマノスクの方に南下しただろうし、おそらくヴォクリューズ県まで足をのばしたであろう。その間、彼は貧弱な土地を探していたのだ。こうした貧弱な土地が、現実的には、大金を産み出すのだということは、つい先ほど述べたばかりである。この人物を部分的に説明するには、土地のこのような選択の仕方をごく単純に考慮する必要がある。彼には物事がよく見えている。彼は外観に誘惑されることはない。さまざまな経験を有効に生かしている。ローマにおける二番目の人物になるより自宅における第一人者になった方がいい［鶏口となるとも牛後となるなかれ］というわけではないにしろ、ともかく彼は目立つ役まわりには執着していない。

何故なら、彼がブリュネにやって来たとき、彼は自宅では第一人者であった。子供たちはまだ若かった。彼が結婚した日の夕べ、彼の妻は「私たちがこれから幸せになることを望むならば、あなたは見ざる、聞かざる、言わざるの状態でいることが必要です」と彼に言ったであろうと思われる（このことを断言しているのは彼である。そして、彼の断言には何か真実以上のものがある。それは嘘ではない。真実以上のものであり、その真実が複雑なときに真実を理解させるのに役だつ。不適切な方法ではあるが、ラテン人たちにあっては一般的な方法である）。彼女がこう言った可能性はある。それはカテリーナ・スフォルツァ［勇気と大胆を具えた女として知られている、一四六三—一五〇九］風の率直さであり、そのような例が当地には他にもあることを私は知っている。そして、それは人が考えるより意外に優しいものである。私が描写してきた性格の持ち主たちなら、その価値を認めることができるような優しさである。そうした人物たちがその能力を持ちあわせているということは、女たちがよく心得ている。この花嫁は、（相変わらず、被告人が明言していることであるが）結婚の前に妊娠していたようだ。その相手は、彼女が結婚した男ではない別の男だったらしい。そのことは彼女の有利になることもなかったし不利になることもなかった。

彼についていては、刺青が、軍人のつけるような刺青のことが話題になった。その刺青のことで、人々はいろいろと勝手なことを考え、想像した。彼のこれまでの振る舞いでもっとも顕著なものは、ロマンチックな気持とは無縁の心境で、刺青があろうとなかろうと、ともかく家族とともに生活したいという欲求を彼が抱いていたということである。このことは彼の結婚をきわめて簡単に説明してくれる。王妃グニエーヴル（彼女も美徳を備えた天使というわけではなかったが）［グニエーヴルとは、『円卓の騎士』におけるアルチュス王の后］と結婚するほどの才覚もなかったので、彼は羊飼いの男との結婚に同意してくれるような女を探した。それ以上に何か深い意味があったわけではない。彼女は妊娠していたが、彼との結婚に同意した。

ブリュネは、ヴァランソル高原の黒い斜面にある、黒い森のなかの黒っぽい二十軒ほどの家からなる集落である。北に向いているので、その村には太陽がほとんど当たらない。村に行くには、アッス川の渓谷から登っていく必要がある。ヴァランソル高原の縁に達するには、村からさらに登り続ける必要がある。昨年、つまり一九五三年には、この街道にはアスファルトはまだ敷かれていなかった。タイヤを台無しにしたり、車体にかすり傷がつくことをいとわなければ、小さな自動車でも何とかその街道を走破することができる(それが私のやったことだ)。そういう風に車に関して完璧に無頓着になれるとしても、この冒険は一度だけで止めておくのが賢明であろう。

独身の老人たちの村。バス＝ザルプの大気のなかで、彼らは老齢になってもなお頑健である。八十歳を過ぎても、彼らは死んだような森から食べ物を採集し、夜に火を燃やすための切り株を引きずってくる。道は凍えている。早くも十一月初めに居坐る霧氷が、五月まで木々や草を白く染める。夕方の四時にはすでに彼らは家のなかに閉じこもる。閉じこもって何をするのだろうか？　彼らは本は読まない。週に一度用意されるスープが、あの鼻を刺すような匂いをまき散らしながらぐつぐつと煮立っている。彼らはその匂いに慣れているので、それはお気に入りの匂いになっている。快適な家の匂いである。ストーブが唸る。彼らは椅子に坐り眠っている。

私は辞書を読む人物をひとり知っている。彼は世界中のありとあらゆる建造物の高さをそこから学び取っていた。ストラスブールの大聖堂の尖塔は百四十二メートル、ケオプ王［エジプトの王、ギゼのピラミッドを建造した］のピラミッドは何メートルといった具合だ。ロドス島の石像やアレクサンドリアの灯台などの、消え去った建造物の高さまで彼は知っていた。

被告人が家庭を構えたのはそういう土地である。九歳から二十歳まで羊飼いの助手をつとめた人間にとって、それは桃源郷であった。被告人が「ブリュネ」と言うのは、フランス人が「パリ」と言うのと同じ重みを持っている。それは「私は世界を知っている」ということを意味しているのである。

それは人が考えるほど無邪気な態度ではない。というのも彼は世界を知っているからである。たしかにそれは粗野な世界である。裁判長に対する彼の返答がそのことを証明している。彼の物腰もしかり。彼に判決がまだ下されていなかったときでも、彼は無実の人間であると充分に見なされていたわけではなかった。はじめて法廷に入ってきたとき、彼は明らかに不安そうだった。彼はたしかに恐れていた。彼に対して行われようとしている裁判に対してではなくて、彼を取り囲むことになる聴衆に対して恐怖を抱いていた。彼は自分が孤独の習慣しか持っていないということを知らないほど鈍感ではなかった。監獄は彼を変えなかったが、法廷は彼を変えた。彼が自信を取り戻すのは、時おり、彼が法廷に姿を見せねばならないとき、聴衆と向き合う必要があるときだった。尋問のあいだ、彼は「それは簡単だ。私は自分が誰か分かっている」と考えていた。彼の返答は明晰で、簡潔で、聡明である。そこで、彼は聡明だ、と人々は言った。つまり、真実を言い、間違ったことを言うことのない人の持っている頭脳を彼は見せたわけである。彼は自分の実際の顔以外の顔を陪審員たちに見せようとはしない。「あなたは粗野でがさつだ。」「そうです。」「あなたは怒りっぽいだろう？」「怒りをあらわにする必要があるときには怒った。」「傷つきやすい？」「そうです。」「エゴイストだ？」「そんなことはない。」「かなり法螺吹きだろう？」「そうです。」彼は時おり裁判長の言葉に微笑して答える。その微笑は、裁判長に向けられたものでも、聴衆に向けられたものでもなく、それは自分に向けられたものなのである。だから、その微笑には皮肉が混じっている。それは、彼が心の奥底で自問している次のような問いに付随する微笑である。「この赤い服をまとった男に、奴が間違っていることを、どうやったら理解させられるだろうか？　このことはあたっているが、あのことは間違っているということを。俺は法螺吹きだが、自分の自慢はしないということを。俺はエゴイストではないが、エゴイストになる必要がある場合も時にはあるということを。怒り、それは奴が考えているようなものとはほど遠いものだということを。俺は粗野でがさつだが、竜涎香《りゅうぜんこう》のように繊細だということを。俺は聡明で、自分の足のように愚かであるということ。この赤い服をまとった男が、国家の援助もなく、誰の援助もなく、自分自身の能力だけを頼りに、数年のあいだ、ブリュネで家族を養って生活するなどというようなことがあれば、奴にもいろんなことが分かったであろうに。何故なら、今数え挙げられている、粗野、がさつ、怒りっぽい、傷つきやすい、エゴイスト、法螺吹き、などは俺の能力の総計なんだよ。そういう能力が俺には必要だった。俺はただ生きてきただけではなく、家族を養ってきたんだからな」

尋問が行われているあいだずっと彼はこの問いを自分に投げかけ続け、ついには、「あんたの言うことは俺を越えている。俺があんたに言えるかもしれないことも、あんたを越えているだろう。こんなことをして、いったい何のためになるんだろう！」という意味のあの白けた動作を見せるにいたるのである。そして、彼は二人の憲兵のあいだに身を縮める。

彼はブリュネを去り、ガナゴビに向かう。現在私たちがガナゴビに行くとすれば、数時間で足りるし、行く日を選ぶこともできる。それは素晴らしい景勝の地である。ベネディクト会の修道士たちがそこに修道院を構えている。一年半前から、完璧な道路を通ってガナゴビに登れるようになった。

それはピクニックを行うのに格好の場所になっている。「そこが美しいからだよ」と、ガナゴビに行き草の上に坐って鶫《つぐみ》のパテを食べた人々はあなたに言うだろう。たしかに、美しい。道路が完成する前には、もっと美しかったのである。

カフェのギャルソンのお盆のように丸く、それより大きくはないこの高原は、デュランス河の異様な川床より百メートル上にあり、大洪水のあとようやく水の上に姿を現したような様相がうかがえる土地を具えている。ヒイラギガシで装いを新たにした森が花序をつけて華やいでいる。そこはガロ・ロマン時代［ガリア地方がローマ帝国の支配下にあった時代］の居住環境であった。乾燥した石材を積み重ねた小屋と、村の残骸が残っている。修道院それ自身は、無傷のまま残っている列柱廊の周囲を取り囲むような形で、廃墟の状態で残っている。修道院の教会も無傷のままである。何十万回となく写真にとられてきたロマネスク様式の玄関は、普段はサッカーの試合にしか喝采を送らない人々からでさえ、感嘆の叫び声を引き出している。

しかしながら、わずか三、四年前までは、つまり「観光」道路の工事が行われる以前には、そこに到達するには、近道と言われている四キロの急峻な坂道を登るしかなかった。要するに、そこまで登っていくのは「スペシャリスト」だけだったのである。

ガナゴビで宗教的な遺跡あるいは歴史的な遺跡に感激する人は、私見によれば、高原の北の端まで行き、ガナゴビとリュール山を隔てている窪地に向かって、身体を乗り出してみるべきだろう。その高原は、比類のないまでに野生的な悠揚迫らぬ景観を眼下に従えているからである。

ブリュネからガナゴビに移動すること、それは孤独の段階をあがるということである。被告が羊の小さな群れの先頭に立ち、ブリュネの小さな家畜小屋から外に出ると、彼は必然的にヴァランソル高原に登っていく道を辿ることになる。牧草地があるのはそこなのだ(この牧草地という語は、オート＝プロヴァンスで人々が羊の小さな群れを養うために牧草を生やしている牧草地と呼んでいる土地を誤解させてしまう。オート＝プロヴァンスにおける牧草地とは、緑ではなくて、灰色であり、タイムとアザミから成る牧草地なのである)。被告も一度はその高原の上に立ち、ステッキに支えられ、デュランス河の豊かな平原に視線と欲求を投げかけたはずである。平原のもっとも肥沃な部分が眼下に広がり、黒く縮れた高地にはリュール山の支脈(ガナゴビはその一部である)が脈打っていたはずだ。彼には選択の可能性が委ねられていた。マノスクの方に下りていってこつこつ小金を貯め、土地が平らで肉厚の野菜がとれるヴォークリューズまでその小金を転がしていき、そして、小金を少しずつ膨らましてしていくか……、それともまた高地に登っていくかのいずれかである。しかし、いったん登ることを選んでしまうと、もはや転がしていくというわけにはいかない。反対に、押してあがる必要があるのだ。

しかしながら、彼は天性の孤独者というわけではない。彼は人との付きあいを好む。このことは一目瞭然である。彼は家族向きの人間だ。一族と言われていたが、そうではなく、ただ単に家族である。明白な事実を再認識していただきたい。それは私が無数に知っているような団結した家族なのだ。彼の家族を結合させているのと同じ理由で結合している家族は数多くある。そうした家族では、父親が家族の真実の父親であるので、ごく平凡に結合しているだけである。今では、息子たちが成長すると、とりわけ息子たちが結婚すると、あるいは息子たちが父親と対立するような性格を形成していって、父親以外の人間の影響を受けそこに武力を見い出すようになると、時には思いがけないことが生じる場合がある。

ガナゴビのあと、被告人はグラン＝テールに定住する。「彼は下りていく」と言う人がいるだろう。ガナゴビはグラン＝テールより百メートル高い。ブリュネやガナゴビに比べると、グラン＝テールは、たしかに、バビロンの地に匹敵する。幹線道路がある！　それに鉄道もある！　しかしグラン＝テール［大きな土地という意味］という名前にもかかわらず、グラン＝テールの土地は広くない。その上、その土地は幹線道路と鉄道に締めつけられて狭くなっている。近代的な農民ならその土地は選ばないだろう。近代的な農民なら三十キロ南にある平原の方へ即座に逃げ出すであろう。グラン＝テールは、その当時被告人が持っていた金額で購入できたので選ばれたのであろう。彼が幸せに住み慣れていたような場所と同じような土地のなかから選ばれたのはほぼ確実であろう。ということはつまり、彼がブリュネやガナゴビに住んでいたのは強制的だったのではなく、そこが気に入っていたからなのである。街道の反対側では、グラン＝テールの建物の壁から十メートル離れたところから、ガナゴビの森林がはじまっている。

ところで、自分ではそんなことだとは意識もせずに、被告人は、グラン＝テールにやってくると同時に、巨人としての一歩を踏み出すことになる。彼は満ち足りた生活をしていたが、そこでは家の壁が境界線となっていた。ブリュネとガナゴビがすべてであるような世界で、彼は社会的な生活を送っていたのである。グラン＝テールはリュルスの駅の傍らに位置している。この駅は現在では閉鎖されており、旅行者の交通には役立たない。それはともかくとして、大事なのはこの旅行者たちだったのではないだろうか？　旅行者たちが活気を生み出していたので、駅が注目されていた。今ではもう駅が注目されるということはない。しかし、駅がシゴンスにある鉱山の石炭を運搬する空中ケーブルのトロッコの終着地点であることには変わりない。その駅は、だから、鉱山の付属施設のようなものである。そこでは、人は社会のなかで生活しているということになり、社会のなかで生活するためには団結せざるをえないのである。

被告人は、今日にいたるまで、孤独に打ち勝ち、閉ざされた経済のなかで生活するために自分で用意万端を整える必要があった（それに彼は今でもグラン＝テールでそうした生活を続けている）のだが、彼の息子たちは、彼らが今日まで生活してきた社会とはかなり異質の社会と接触しはじめている。息子たちの年代の者が父親たちの年代の者と考えが一致することはほとんどないし、その反対も同じである。息子たちはブリュネやガナゴビの生活を楽しむなどというようなことはなかったであろう。何故万事が容易にできる平原の方に下っていかないのかとか、何故これほど野生的な地域に住み続けているのか、などと彼らは不思議に思ったにちがいない。被告人が一家の主である必要があったのは、そしてまた息子たちに向かってそういう態度を示さなければならなかったのは、この時期だったのであろう。彼は命令したし、自分の選択を家族に押しつけもした。主という荷札がまだ彼に残っているとすれば、当時の彼の態度によるものである。息子たちは父親を理解しないし、父親もまた息子たちを理解できない。そのような息子たちに自分の法則を押しつけるためには、彼らを叱りつけざるをえなかったであろう。以上はあくまで仮定ではあるが、論理的な仮定である。確実なのは、それぞれの構成員が独自の資質を持っているので、互いに愛し合い、理解し合っているような家庭においてでさえ、この種の悶着は存在するということである。

社会的なことに政治や政党が付け加わってくる。おまけに、この政治的な影響のなかで息子たちが結婚すれば、彼らは父親からすっかり離れてしまうのである。今のところはこの隔離ということを説明するだけにとどめておきたい。

娘たちが家族から、とくに父親から離れるということはない。まず、ブリュネとガナゴビの野生的な暮らしが彼女たちを、彼女たちが女だから、そしてまた女は男に比べ発言権を持たないために、家族のなかに一層しっかりと閉じこめてしまう。ある娘はいささか軽薄で、さかりがついており、憲兵たちと寝る。こういうことは非常に立派な人間にも起こることである。被告人は彼女をからかう。その軽薄な娘は被告人に腹を立てる。彼女は証人席でそう言う。何故だと質問される。彼女は言いよどむ。父親が「彼女のことを悪く話した」からだということになる。被告人が事態をはっきりさせる。彼は彼女の悪口を言ったわけではなく、ただ彼女のことを話しただけなのだ。彼女が麦藁のなかで誰か(この誰かというのが憲兵なのだ、他言無用)と寝ていたのが見つかってしまったのだと彼は言わざるをえなかった。「そのことを私に最初に話したのはお前の亭主だよ」と被告人は続ける。「彼はお前を懲らしめようと思っていた。『お前が飲むことになるワインのことはあまり中傷するな』と私が彼に言ってやったくらいだ。」ともかく、この女は、自分の悪口を言ったということ以外の点について父親を告発しているわけではない。しかしながら、彼女も、たとえそれが間違っているとしても、父親を告発するに足りる理由を持っているであろう。彼女は、たとえそれが本当でなくても、「イギリス人たちを殺したのは父です」と言うに足りる理由を持っているであろう。それは憲兵が原因ではなく、彼女自身の息子のためなのだ。

すでに、この娘とともに、私たちはギュスターヴ・ドレの雰囲気から遠く、一八七七年頃のディーニュからも遠く、ブリュネからも遠く離れてしまっていることになる。彼女は白粉をつけ、服を着飾り、香水や口紅をつけ、ハイヒールを履いている。ぎこちないやり方ではあるが、断固としている。変装趣味のある農婦である。彼女は断固として堕落した農婦などではない。麦藁のなかで寝転んでいたとしても、権威の体現者と一緒だったとしても、憂慮するほどの堕落ではない。憂慮すべきは、彼女の息子である。彼は奇妙な人物だ。分析をかいくぐってしまう。彼は新たな人間である。まず青春（彼は二十歳である）と、農民と、ブルジョワと、プロレタリア、彼は以上の混合物である。被告人（彼の祖父）が、彼の母が、彼のおじたちが、そして空中ケーブルが話すのを、それぞれ彼は聞いた。彼は農民であるが、しかし……ブルジョワでもあり、しかし……プロレタリアでもあり、しかし……。このごちゃ混ぜの状態が、戦争、ドイツ軍による占領、解放、政治的宣伝活動、幼稚な社会的要求、こうしたものに攪拌されてしまっている。そうでありうるかもしれない彼が、同時に存在する複数の人物によって、瞬間ごとに修正されていくのである。最終的には、彼は自分自身を認めることができなくなり、自分の狼狽を微笑の下に覆い隠している。その微笑の意味については私たちはいっそう理解することができない。ひとつだけ明白なことがある。それは彼が意識を持っていないということである。責任などという代物を彼はまったく信用していない。万事を隠してさえおけば、何をやってもいいんだと彼は考えている。見つからなければ、捕まらない。捕まらないのは、正しいからだと彼は考える。行動を起こし、それを隠すというのが彼の習慣になっている。それは習慣以上のものであり、それこそ彼の存在理由なのである。だから聞く者を唖然とさせるような嘘つきの能力が身についてしまったのである。彼は規則的、持続的、決定的なやり方で嘘をつく。身体のなかで赤い血球ができるように、彼は嘘を生産する。彼はおじさんたちに大いに可愛がられている。

もうひとりの娘は、こんな表現を使ってもよければ、「原産地」の資質をとどめている。彼女のような人間はブリュネでよく見かける。彼女なら今でもブリュネでそれほど努力しないで生きていくことができるだろう。彼女は父親を熱烈に擁護する。

これから問題にしなければならない息子のうち、ひとりは父親を告発し、もうひとりは父親は無実だと言っている。より正確に言うと、ひとりは父親を告発し続けており、もうひとりは、最初に父親を告発しながら、その告発は間違っていたと言っている。さまざまな性格について私が述べてきたすべてのことが、このふたりの男にも有効である。しかし、彼らの年代や、彼らが生きてきた時代の酸が、こうした性格に修正を加えてきた。はじめは(私の言いたいのは、彼らが十歳から十五歳までだった頃)、彼らは精神的には(もしも精神について言うことができるとすれば)父親と了解しあっていたにちがいない。つまり、もっと問題をはっきりさせると、父親が送っていた生活、そして父親が息子たちに送らせていた生活、そうした生活の向こう側を彼らがまだ見ていなかったということだ。それに、一九二〇年から一九三八年にかけては繁栄の時代であった。彼らは自分たちの人生を開始したばかりであり、その繁栄の時代が彼らに提供してくれるものすべてに対して、それらをはねつけるための理由をまだ父親から受け継いでいなかった。彼らは結婚した。結婚に伴い、彼らが生活してきた環境とは別の環境の影響があった。そのあと三九年戦争［第二次大戦］、ドイツ軍による占領、愛国心、利己的な目的のための愛国心の利用、解放に伴なう無政府状態などがあった。

彼らの原産地の性格のなかの何が今でも残っているだろうか？　裁判で父親を告発した息子を私は注意深く観察した。私はこれから自分の個人的な感情を述べるつもりである。だから私は完璧に主観的になる。このことは読者に予告しておきたい。何人もの人間の名誉、ひとりの男の命、そしておそらく何人もの男たちの命、こうしたものが関わっているこの事件では、仮定はあくまで仮定でしかないと指摘しておく必要がある。さまざまな性格を解明しようとするこの試みのすべては仮定である（だから、審問のあいだに私が書きとめた客観的な覚書と、この試みは注意深く分離することにした）。父親を告発している息子を理解しようとするための試みはさらにいっそう仮定的である。私はもはや事実の要約を提出しているわけではなく、自分の経験の要約を示していることになる。

忠実な顔つきの、父親を告発するこの息子を見ていると、「彼は立派に見える」と私は考えた。告発されている男と同じく、忠実な容貌である（息子に関しても、彼は立派に見えると人々は言っていた）。がっちりした怒り肩、しっかりした体格、まっすぐな視線、万事が彼の弁護をしている。彼がみんなの前で父親に対する告発を繰り返すとき、彼の声にはむらがない（その声にこめられた、過度なところのない控えめな感情を好ましく思う者もいるだろうが、おそらく私もまっさきにそう思うであろう）。それは真実の刻印を押されているようだ（おそらく真実そのものである）。しかしながら、私にはどこか居心地の悪さが感じられる。私の心を凍りつかせるのは、彼があのように冷静に行う告発の醜悪さなのだろうか？　しかしながら、彼が真実を言っているとすれば、彼は困難な状況のなかで義務を果たしているということになる。彼は毅然とその義務を果たしているとさえ言いたい。否、彼は完璧に義務を果たしている。それだけですでに大したことだ。彼の態度や彼の言葉のなかには、私には何だかよく分からないが、嘘のように聞こえる何かがある（彼が発する言葉はあまりにも本当である）。おそらく、それは、人の前に姿をあらわす人間なら誰にでもひそんでいる嘘、あれほど厳しい真実を言うことにすっかり気をとられているために覆い隠す余裕がなくなってしまうような嘘にすぎないのだろうか？　その真実、それを彼が言っているあいだ、私はどうしても彼の甥、あの完璧な法螺吹きのことを考えずにはおれない。この二人の男は重ね合わせることができるように、私には思える。父親の告発者であるこの息子は、完璧な法螺吹きがあと二十五年たてば、とりわけその期間のあいだに彼がしばらく「親分」になりさえすれば、そうなるような顔つきをしている。

この息子は自分の父親は考慮するほどの人間ではないと考えているふしがあるような印象を私も受けている。

発刊日を特定するのは困難であるが、審問の最後の方に出版されたにちがいない号［問題になっているのは、一九五四年十一月二十五日に発行された「リリュストレ」誌である］において、「リリュストレ」は、もうひとりの息子（いったん父親を告発したのだが、その告発を取り消している息子）の並外れた写真を掲載している。これは審問に関わるあらゆる写真のなかでもっとも美しい写真でさえある。これ以上に感動的な写真、私たちの理解をうながしてくれるような感情がこめられた写真、こういう写真を私はこれまで見たことがない。レンズは、この二男が法廷に入ろうとする瞬間をとらえている。彼は自分の前の母親を盾のように感じているらしい（しかしながら、彼の両手は優しいということが感じとれる）。彼の傍らには妻が、彼の周囲には門外漢たちやヘルメットをかぶった守衛がいる。そうした人たちの顔つきはすべて緊張し、目はすべて取り乱したように見開かれている。しかし彼の顔つきや目は別である。彼は目を閉じており、顔はそむけている。フラッシュで目がくらんでいるわけではない。自分が背負っている十字架［重荷］で目がくらんでいるのだ。まさしく彼は「私からこの苦難を遠ざけてくれ」とこの瞬間に言っているのである。

この写真はきわめて重要である。というのも、この人物は、私にとって、神秘の中央に位置しているのだから。みんなは彼が事件の真相を知っているという印象を持っている。私も彼は真相を知っていると思っている。彼は一体何者なのだろうか？

寛容な人々は「弱い男」と答える。彼は臆病者なのだろうか？　その通りである。悪徳と美徳に徹底的に支配されている人間であるのは間違いない。彼に対する尋問のなかで、彼はぞっとさせるような愚かな発言をすることになる。「少女が死んでいるのを発見したとき、彼女を殺したのは彼女の両親だと思った。」これはぞっとさせるが、馬鹿げてもいる。というのも、それはまったく彼が考えたことではないし、彼が考える可能性があったことでもないからである。彼はもっと別のことを考えていたが、それを口に出すことはなかった。あるいは何も考えていなかったのかもしれない。若い頃、彼はききわけのいい息子だった、きっと。その息子にとっては、父親は考慮するに足りない存在ではなかった。その反対であった。父親はよきにつけあしきにつけ重きをなしていたであろう。確かなことは誰にも分からない。ただひとつ確実なこと、それは、この男にとって父親が重きをなしていたということである。彼は父親に「あなた」と言い、「父さん」と言う。「いや、父さん、それはあなたではない。私には分かっている」と彼は言うのである(ところで、警察に「それは私の父だ」と最初に言ったのは彼であった)。告発者であるもうひとりの息子は、自分を非難する被告人に語りかけ、「そう、それはあんただ、そう、それはあんただ!」と(邪険なそぶりも見せずに)答える(ところで、この父親を告発している長男は、「いや、父さん、それはあなたではない、私は知っている」と今では言っている二男のかつての誹謗を繰り返しているにすぎないのである)。

ここでもなお私たちは新たな光景を前にしていることになる。裁判のいかなる瞬間にも、感受性が話題になったことはなかった。さきほど被告人について行ったように、今度はこの男についてこのことを取り上げてみたい。私がこんなことを言うのは、審問のあいだに並外れた二分間があったからである。みんなが注意して聴いていたし、みんなの耳に聞こえていたのに、そして誰もがそのことはよく覚えているのに、そこから何か教訓を引き出そうという試みはなされなかった(ところで、警察が行った調査による心理的な性格については強調されてきた)。

さて、その二分間を問題にしてみよう。被告人は立っている。彼は、裁判長や証人席にいる二人の息子とひとりの娘を相手に、議論の真っ最中である。議論はかなり高揚している。突然、被告人は裁判長や家族の者たちから身体をそむける。彼は検事の方に顔を向ける。検事を見ているのではなく、虚空を見つめている。まさしく法廷の壁を凝視しているのである。そして彼は話す。誰かに話しかけているわけではない。それは無償のひとり言だ。最初の言葉が口から出るとすぐに、みんなは沈黙し、聞き耳をたてる。そこで、七あるいは八の言葉でもって(残念なことに、私はそれらを書きとめておかなかった！それまで私たちを支配していた感情とは急激に随分と異なってしまった奇妙な感情に、私自身が動かされてしまったものだから)、極度に単純で極度に制限された語彙で表現された七あるいは八の言葉でもって、被告人は自分の牧歌的な生活を語った。それぞれの語はしかるべき場所に配置されている。ウェルギリウスの詩のように美しかった。それは「私は、羊小屋でまるで羊のようにつかまってしまった」という言葉ではじまったのである。

私たちは散文詩を作るために裁判所にいるわけではないということは進んで認めよう。そうではあるが、スープのなかから髪の毛が浮きあがるように現われ出てきたこの詩、これはたしかにあの老人のどこかから出てきたものである。彼の返答や態度のいくつかは、誰かが彼にささやいたり暗示したりしたものであり、彼は言われたことを繰り返し、自分の役を演じているにすぎないと主張することができるとしても、あのとき、私たちは絶対的で無償の真実の瞬間に向き合っていたのである。あのとき、彼は議論の余地がないまでに彼自身になりきっていた。誰もが予測できなかったあの瞬間に、彼が持っているなどと想像もできないような才能を用いて、彼に急にウェルギリウスの役を演じるように勧めることなど誰にもできない相談である。私はこのことから彼が無罪であると推論するつもりはない。しかし彼の感受性が鋭いということは推論できる。私は彼の裁判をやっているわけではない。彼の性格の検討を行っているだけである。

彼を最初に告発し、ついで告発を引っこめたあの息子の裁判をやっているわけでもない。私は彼が何者なのか知ろうと努めているだけである。私が追究していることは、部分的にはたしかに父親から彼にもたらされたものである。そして、それは彼の生活のさまざまな出来事、例えば戦争、ドイツ軍による占領、レジスタンス（彼はレジスタンスに参加していたらしい）、政治、結婚等々によって修正されてきた。彼はいろんな見解を獲得してきたし、また失った見解もある。しかし彼は父親の感受性を受け継いでいるように思われる（彼は「私からその苦難を遠ざけてくれ」と言っていたにちがいない）。だが父親は孤独者の感受性を持っている。その息子は、群れのなかでしか行動しない人間に特有の感受性を持っている。彼には誰かがそばにいてくれることが必要なのだ。彼の母親（彼は自分の前の母親を盾のように愛情をこめて感じている）、彼の父親（彼はもう父親を告発しないし、父親が目の前にいる以上、父親を告発するだけの勇気もない）、彼が参加している政党、あるいは彼の妻。感受性は人間の身体のなかで多くの事柄に関わっている。ときには、禁止されていることにまで感受性が関わっている。こうした見解の範囲のなかで、ある日、彼は自由自在に行動できるようになったことであろう。しかし私にはこの間の事情が分からない。生まれ持った感受性を根本的に変えたにちがいない彼の生活のその部分については、私はよく分からないのである。

父親を告発し続けている息子と、告発を引っこめた息子、彼らが王様であった時がある。そのことは実感できる。地上の王ではなく、何かとても重要なことを取り仕切る王様だったのである。その経験から、一種の傲慢さが、法廷にいることの一種の驚きが彼らには残っている。

そのことに大いに驚き、その驚きを隠そうともしない女性、それはこの感受性の鋭い息子の妻である。彼女は、まだ若いのに、厳しく、率直で、覚悟ができている。彼女は認めない。何を？　この法廷のすべてを、この憲兵たちを、人々が口にする質問を。明らかに彼女は我慢している。そうでなければ、「何の権利があってあなたは私に尋問するのですか？」と答えるであろう。彼女は裁判長に対して言いたいことが何かある。それは間違いない。彼女がそれを言うことはないだろうが、言わないことを自分にとがめている。それは「あなたこそ私がいるところにいるべきで、私はあなたがいるところにいるべきなのです」という言葉である。彼女は、しかしながら、被告席に坐っている老人に魅力的な微笑を送る。作り物と真実の混合物。微笑は真実である。老人はその微笑には反応しない。しかしながら、現在にいたるまで、彼は、近親者たちから優しさを見せられても、それに甘やかされたことはない。この申し分のない(かろうじて申し分のない)振る舞いの応酬に、人々は上昇する女主人による下降する主人への挨拶を読みとろうとした。それは近視眼的な見方である。彼らがごく自然に口にするホメロス風の口調は、この一族の言葉の調べにすぎない。習慣について言うと、沢山の水が橋の下を流れていった「時間の経過とともに、習慣も変わってしまった」。とっくの昔に絶対的な主人たちはその地位を奪われてしまっている。この若く、新鮮で、セクシーで、明らかに夫を尻に敷いている女性が、農場の女主人になろうという野心を抱いているとしても、それは正常なことである。しかも、ずっと以前からそういう状況になっているのである。それは閨《ねや》の中の問題だ。祖父に向かって作り笑いをする必要はない。初夜の翌日にそれはすんだはずである。あとは事態をうまく調合することしか残っていない。

笑いを被告人が拒絶したのは、ホメロス風の事情が原因になっていたからではない。この若い女性は覚悟ができていると私は書いたばかりである。傍聴記では、彼女は愚かな女だと私は記した。そして、明らかに高慢な女である。こう言ってよければ、彼女自身の主について彼女がすることのできるすべては、夫の手綱を締めつけ大いに夫を活用するようにと神さまが彼女に与えてくれたものを存分に利用することである。そのことに関して彼女は誰の忠告も必要としない。それ以外のすべてにおいて、彼女の父親はひとかどの人物であるということが必要なのだ。この若い女性は、充分頑丈で、しっかり目地仕上げをされ、うまく組織された大きな塊で作られたピラミッドの最高地点にいる。彼女はこの傍聴室のなかでもかなり高いところにいることになる。彼女は目眩《めまい》をおこすかもしれない。しかし、彼女は今のところ目眩は感じていない。彼女は自分がしっかり支えられているのを感じている。いかなる責任からもすっかり解放され、どんな危険からも充分保護されているので、証言を終えると、彼女は自分の席に戻り、『愛が打ち勝つとき』を静かに読むであろう。

被告人は優しさに反応していないわけではない。繊細な心を持っていながら、彼にはその微笑みが理解できなかったのである。若い女性はその微笑のなかに優しさを注ぎこむ。私たちにはそのことは明らかである。彼にとっては、そうではない。彼は、私たち以上に、彼女のことをよく知っている。彼は自分の生活の構造を知っている。私たちはホメロスの世界から遠く離れている。

被告人の妻が連れてこられると、その反対に、私たちはすっかりホメロスの世界に舞い戻ることになる。彼女の姿を見るまで、彼女がどういう女性なのか私には知る由もなかった。私が描写してきた地方の農民の社会には、男より繊細な女がいる。男たちは同一の型紙を裁断して作られており、かりに個性が異なっているとしても、色違いの性格が現われてくるにすぎない。孤独、自然の諸要素、各人の生活などがそれぞれの男たちに最終的には同様の結果を刻印することになる。女たちは、それとは対照的に、一刻一刻、内部から変容を受ける。まず、若い年齢にあっては、彼女たちは家政を鋭敏に察知できる中央に、つまり母親の傍らにいる。ついで、彼女たちは欲求の中心(暖炉、家庭)となる。彼女たちの欲求と、彼女たちが強く感じ取る他の人間たちの欲求の中央に陣取っているのである。こうした要素の周囲で家庭が明確な形をとってくる。その家庭とは農場であり、畑であり、家族である。男は、結婚前は、力と富を獲得するために戦う。女は、その力と富を所有する男を獲得するために戦う。そこから両者の相違が生まれてくる。もちろん、私は一八七七年に行われていたことを話しているのである。

被告人の妻が法廷に入る。彼女はヘカベ[トロイア最後の王プリアモスの妻で、夫や子を失ってしまう悲劇的な女]のような女である。黒っぽく小柄な女で、骨まで焼き尽くされている。顔の表情は残っているが、あまりにも沢山刻まれている皺が灰のような皮膚を輝かせているようだ。大きく見開かれた二つの大きな目。彼女は証人席にやってきて、坐ってよろしいと言われていないのに、そこに坐りこんでしまう。自らの権利を心得ている女王のように、自分の権限で彼女が坐りこんだことに私は満足している。それは彼女の前に証言した若い女性が自分のものだと想像している権利とは別物である。しかし、これこそ真実の権利である。

自分を尋問する裁判長の顔を彼女はじっと見つめるであろう。彼女は、文章は作らずに、「はい」や「いいえ」で答えるだろう。彼女が自分の考えを言いあらわすのに使える言葉は被告人よりもっと少ないが、彼女は自分の考えを見事に表明する。私たちにとって彼女の言葉以上の説明は必要ではない。

聴衆は被告人が口にした「古いイワシ」という表現をもてあそんだ。これらの語はいつ発しられたのか？　どういう風に？　どこで？　誰も説明してくれない。被告人がこの表現で彼の妻を侮辱したと人々は私たちに信じこませようとしている(もしもそれが侮辱であるならばの話だ。彼女から逃げるために、離婚を選ぶのと同じような具合に、彼が牢獄を選んだなどと極言する者も出てくるであろう)。

憲兵によって引き離されてはいるが、彼らは今二人とも私たちの前に一緒にいる。侮辱やたわ言があるとは信じられない。彼は前にかがんでいる。彼は彼女を情熱をこめて見つめている。そこには一八七七年当時の彼の農民としての一族の情熱がこもっているのである。彼が並外れた感情をわざと見せているという意味ではない。そうではなくて、彼は身体を前かがみにして、彼女を見つめ、彼女を目で飲んでいるのである。しかも穏やかに。彼女が発する「はい」や「いいえ」に彼は耳を傾ける。彼は彼女にはつねにとても優しかったし、彼と暮してきて自分はとても幸せだったと彼女は断言する（彼らが結婚したときに彼女が彼に忠告したように、彼は見ざる、聞かざる、言わざるだったのだろうか？　当時は彼女も若い女性であった。今では彼女は非常に年老いた女性になっており、ワインに水を混ぜるやり方を心得ている）。

犯罪に関して、私は何らかの結論を引き出そうとしているわけではない。被告人はおそらく罪を犯したのであろう。これらの人々の性格について私が追究しようとしてきた真実と、それは何の関わりもない。

彼女に対する非常に短い尋問が終わると、ヘカベは聴衆のなかに入って坐りこむだろう。その直後に、審問は一時休憩になる。それに続くざわめきのなかで、老女は椅子の上に立ちあがり、連れ去られていく夫を見る。そして彼女は泣く。

同じく陪審員たちについてもいろいろと話す必要があることだろう。

訳者解題

『純粋の探究』

凝縮した文章による反戦の宣言

ジオノと戦争の関わりは長くて深い。一九一五年一月から一九一九年十月まで二等兵として戦争に召集されていたジオノは、ヴェルダンの激戦など無数の戦闘を体験した。百二十名あまりの部隊で五名しか生き残らなかった激烈で血なまぐさい戦闘にも関わった。毒ガスを吸引し、入院したこともあるジオノは、奇跡的に生きて終戦を迎えることができた。しかし長年にわたり戦争のトラウマに苦しむ。戦争は忘れようとしても忘れられないからである。

そのジオノが第二次世界大戦が勃発しそうな様相のなかで戦争に猛反対したのは、よく分かる行動である。一連の平和主義的行動の結果、反戦活動の罪でジオノは一九三九年九月十六日に逮捕され、同月二十一日から十一月半ばまでマルセイユのサン＝ニコラ要塞に監禁される。さらに、予想もできないことだが、ナチス協力者という嫌疑をかけられ、もう一度投獄されることになる。

一九四五年八月の終わりから翌年二月二日まで、セール＝ポンソン湖を見下ろす丘の上の村サン＝ヴァンサン＝レ＝フォール(オート＝ザルプ県)の監獄に収容された。書類の罪状の欄は白紙のままである。しかし、共に戦争反対の運動をしてきたはずのかつての同志のなかには激しくジオノを非難する者も現れた。ジオノにはこれが辛かった。弁明も反論もいっさいすることなく固く口を閉ざしたジオノは、戦争の不条理を骨の髄まで思い知らされることになった。これ以降、ジオノが政治に口を挟むことはなくなる。

この作品は反戦(厭戦)の書であるにもかかわらず、「純粋の探究」というタイトルがつけられている。それは本文を読めばすぐに分かるが、ジオノが個人的な行動を希求しているからである。作品の冒頭からすでにこの決意が明らかにされている。「平和主義者になるに足るだけの勇気を持ち合わせていないとき、私たちは兵士になる。平和主義者はいつでも孤独である。」(七頁)

そしてこの作品の最後には「純粋」を貫いたために銃殺されることになる平和主義者の悲愴な姿が描写されている。「早朝の目覚め。夜明け。両手を後ろ手に縛られ、柱に括りつけられ、ひざまずかされる。そして目隠しされている。こうして平和を愛する人物は銃の前にいる。彼にはもう無限小の時間しか残されていない。彼はひとりである。」(四六頁)

作品に一貫しているのは、一般的な価値観に従うことを排し、自らの感性に忠実に生きていこうとする姿勢である。人間が獲得できる「豊かさ」とはどういうものなのか、人間の「喜び」はどこに求めたらいいのかといったことを追究している『本当の豊かさ』の最後で、ジオノは次のように書いている。「君が剥奪されているのは、風や、雨や、雪や、太陽や、山や、河や、森林などがもたらしてくれる本当の豊かさである。要するに、人間の本当の豊かさを君は剥奪されているのである！　万事が君のために用意されていた。君のもっとも暗いところにある静脈の奥底では、君は何でも味わうことができるように作られていた。死が訪れると、心配は無用だが、万事は論理的に展開していく。だから、せいぜい最高度に豊かになるよう努力するがいい。そうして、君はありのままの自分になればいいのだ。」[1]

自然がもたらしてくれる豊かさを虚心に受け入れることによって私たちは充実した暮らしを楽しむことができるとジオノは確信している。冷涼な大気や、清らかな水の流れや、さんさんと降りそそぐ陽光や、かぐわしい香りや樹液の精気に満ちあふれている森林に身を委ねるとき、私たちは穏やかで満ち足りた気持を味わうことができる。

こうした境地と対極にあるのが、群れの一員になることである。みんなと同じことをして同じことを考えるというのが兵士に求められている態度である。「兵士は自分が大多数の人々と同じ考えの持ち主であるということを確信している。多数に支援されていることが分かると、兵士の心は平静になることができる。兵士とはそういうものである。」（七―八頁）ジオノは何としても大群の一員になることを拒絶しようとする。

ジオノ作品の愛読者たちとともに過ごしたル・コンタドゥール高原でも、ジオノは自分の考えがそのまま、鵜呑みにするようにして参加者たちに受け入れられることがないよう注意していた。私たちは自分の歩むべき道は自分で探し出す必要があるからである。「私が歩んでいたあの牧神が遍在する土地、あそこでなら私はあらゆるものの説明が見いだせるはずだと見なしているとあなた方は考えた。しかし、私はそこではただたんなる出発点を探しているだけだった。自分で進むべき道は自分で発見するしかない、と私の人生は私に要望した。人に勧められた道は、それをたどっていくと絶望に近づいてしまうということが、私には分かっていた。[2]」

　人生における豊かさや喜びをどのようにして追究したらいいのであろうかという問題についてジオノは『本当の豊かさ』で詳述した。同じような態度を社会のなかで貫こうとするとどうなるかということを考えた成果が『純粋の探究』である。とりわけ、人間をまるで羊の群れのように扱おうとしている政治家や軍人や実業家たちへの嫌悪感があらわに表明されている。彼らの巧みな弁舌に、初心《うぶ》な二十歳の若者はすぐに篭絡されてしまう。(三二頁参照)

　非常時には世の中の大多数の人々が若者を戦場に向かわせるよう一致協力する。いったんそのような雰囲気が作り出されてしまうと、戦争に反対だなどということは誰にも言えなくなる。反戦を表明するためには生命の危険を覚悟しなければならない。戦争をすることによって庶民が何か利益を得るなどということはまずないはずなのに、これまで何度も何度も戦争は繰り返し行われてきた。ジオノはその戦争の連鎖を何とかして断ち切ろうとこの作品で試みようとしている。

　そのためには、人々が戦争というものに対して抱いている間違った考えを正しておく必要があるだろうとジオノは考える。足かけ五年にわたり従軍してきたジオノの言葉に嘘はない。エリート階級の軍人ではなく二等兵ジオノだったからこそ、戦争の真実が見えているのである。「戦争を庶民が望んだことは一度もない。庶民はいつでも戦争を耐え忍んできたのである。好戦的な庶民は存在しない。好戦的なのは政府だけである。そしてこのことは戦争が人工的だということをよく証明している。人工的な必要性に駆り立てられた人工的な人間たちだけが、戦争を準備し、ついでその戦争を庶民に受け入れさせることができるのである。」(四一頁)

自然な状態を楽しんでいる人間を人工的な戦争に参戦するようにとそそのかし、少しずつ好戦的な社会を作り出していく政府の巧妙な弁舌、作戦には驚くべきものがある。昔からずっと、絶え間なく、戦争は作り出されてきた。戦争は、いわば政府にとって必要不可欠な食糧のようなものなのかもしれない。戦争を食べることによって政府は強くなり、確固とした地位を築いていくのである。

常識をくつがえす見解

私たちは何となく、戦争を行うには勇気がいるだろうと想像する。ところが、そんなことはないとジオノは断言する。そもそも、人間は勇気を目指して暮らしているわけではない。人々が求めているのは安易な生活である。「何百万もの人間で構成されている軍隊が勇気の化身だなどと主張するのは馬鹿げている。軍隊とは安易さの結果として成立しているものである。軍隊とは羊の群れであり、屠殺場でもある。そのような場所には、勇気のかけらさえ見当たらない。」(一一一頁)

激戦が戦われたことで名高いヴェルダンの戦いにじつはジオノも参戦していた。本当はそこから逃げ出したかったが、そうできないよう兵士たちは見張りをされていた。(一四頁参照)では、その激戦のさなかにあって兵士たちは華々しく戦っているかというと、大抵の場合はそうではないとジオノは書いている。これはジオノの体験に基づいている『大群』を読めば分かることであるが、この『純粋の探究』でも兵士は「四方八方へ逃げまわっているだけのことである」(一四頁)と書かれている。そして、このあと恐ろしいことがごくあっさりと書かれている。「毎日のように、病院の砲兵隊では、二列に並んだ土嚢のあいだで、脱走兵と呼ばれる兵士たちに対して裁判もせずに拳銃による処刑が即座に執行されている。兵士たちは戦場から出ていくことができないので、今では、彼らは戦場に隠れている。兵士たちは穴を掘り、地中にもぐり、穴のなかでじっとしている。もしも見つかると、兵士たちは砲兵隊のところまで連れていかれ、二列の土嚢のあいだで頭を撃ち抜かれる。」(一五頁)こうして処刑された兵士たちは、「名誉の戦死」をとげたと家族の元へは伝えられるのであろう。

空腹と喉の渇きに苦しみながら、兵士たちは必死に持ちこたえている。「これがヴェルダンの大戦闘なのだ。世界中が私たちの動静に目を凝らしている。私たちにはものすごい心配事がある。征服する?　抵抗する?　持ちこたえる?　与えられた義務を果たす?　そんなことではない。私たちにとって必要なことを行いたいのである。」(一六―一七頁)世界中が注目しているヴェルダンの大戦闘のさなかにあって兵士たちが何としてでもやりたいこと。それは突撃することでもないし、もっと殺傷能力のある武器を入手したいということでもない。ここからの描写はじつに精彩に富んでおり、しかも迫力がある。これが戦争の一場面なのである。「私たちが食べたもの、食べているものが、一日に何度も私たちの腹のなかで目を覚ます。私たちは欲求を満たす必要がある。私たちのうちのひとりが必要に迫られて穴の外に出た。二日前から彼は私たちの三メートル前にいる。ズボンをずり下ろしたまま、彼は死んでいる。私たちは紙を使って必要なことを行い、その紙を前に投げる。大切に持ち運んでいた古くなった手紙を使って私たちは排泄した。普段ならすし詰めの状態で三人収容するのが精一杯の空間に、私たちは九人もいる。私たちはいささか密集しすぎている。私たちの脚と腕は互いに絡まり合っている。ひとりが膝を折り曲げようとするだけで、私たち全員は彼が膝を曲げられるように身動きしなければならない。」(一七頁)しかも、この九人の兵士はもう武器を持っていない。敵の砲弾を避けるために穴のなかに隠れているだけである(一八頁参照)。

戦場の有様は長篇小説『大群』にじつに詳細に描写されていたが、さすがに穴のなかで排泄の不便に苦しむというような場面はなかった。それだけに、この描写からいっそう鮮烈な印象を私は受けている。もう少し押し進めるとすっかり喜劇的になってしまいそうな描写ではあるが、事実は限りなく絶望的である。その穴の周辺にはありとあらゆる種類の砲弾が雨あられと降ってきている。「穴の外は、砲弾の洪水だ。じつに単純なことである。一分ごとに、一メートル四方ごとに、ありとあらゆる口径の砲弾が落下してくる。」(一七頁)

もうこんな屈辱的な戦争を続けるわけにはいかないと反乱を起こした兵士たちがいた。「立派な動機があるわけではなかった。戦争に反対したわけでもなく、大地に平和をもたらしたいと思ったわけでもないし、ましてや秩序を取り戻そうなどという立派な言葉を使ったわけでもなかった。ただたんに、自分の手のなかで排泄したり、自分の尿を飲んだりすることにはもう耐えられなかっただけのことである。それはきわめて単純なことだ。軍隊の奥底で、兵士のひとりひとりが耐えがたい不浄に触れざるをえなかったからである。」(一九―二〇頁)

反乱の理由は別の言葉では次のように書かれている。「私たちは誰かに反抗しているわけではない。醜悪なものに反抗しているだけである。何か大切な思想があってそれを守るために反抗しているわけではない。気高いものを守るための反乱である。気高いものとは、ここでは自然と生命である。つまり、生命が反乱を起こしているということになる。」(二〇頁)

反乱を起こした兵士たちは簡単に逮捕されてしまう。三千人の反乱者のなかから銃殺に処すべき三百人が無作為に選ばれ、そしてセネガル狙撃兵に連れられていった。さらに反乱から二日目の夜、処刑を目前にしていた兵士たちの叫び声が遠くから聞こえてきた様子を伝えるジオノの文章には、迫力がみなぎっている(二八頁参照)。

戦争の本質

何故、戦争が起こるのであろうか?

私たちは部屋のなかに長い間じっとしていることに耐えられない。どのような気晴らしもなく静かにしていると、私たちは否応なく自分に降りかかってくるかもしれない不幸の可能性を考えたりしてしまう。ところが現在では、私たちに気晴らしを提供してくれる娯楽が満ちあふれている。テレビのスイッチを入れさえすれば、さまざまな番組が私たちを空想の世界へと導いてくれる。また、私たちは自分で各種の趣味を楽しむこともできる。散歩や山歩きやスキー、釣りやサイクリング、パチンコや競馬、俳句や短歌等々、世の中には無数の娯楽がある。スポーツ鑑賞や音楽鑑賞や読書もそうした娯楽のうちに入ると思われるが、気晴らしについてパスカルはこんなことを書いている。

気晴らし。

私は、人間のさまざまな動揺、人間が宮廷や戦争において身をさらす危険や苦労、そこから生じる幾多の争いや情欲、大胆で時には邪まな企図などを、ときおり考察してみたが、そのとき私は、人間のあらゆる不幸が一室にじっと休息していることができないという、この唯一のことから来るのを発見した。生活に困らないだけの財産を持っている人は、自宅で安楽に暮らしていくことができさえすれば、何もわざわざ出かけていって、航海をしたり城塞の包囲に加わったりしなくてもよさそうなものだ。町にじっとしているのがたまらないのでなかったならば、誰も軍人の地位をあんなに高価に買わないであろう。また、自宅で安楽に暮らしていることができないのでなかったならば、誰も談話や気晴らしの遊びを求めはしまい。(3)

パスカル（一六二三―一六六二）の文章なので、宮廷が話題になっていたり、いささか現代の雰囲気とは乖離しているかもしれないが、ここで言われていることは現在でも充分に通じると私は思う。「〈気晴らしのない王様は、悲惨に満ちた人間だ〉と言ったのは誰だったろう？」[4]という文章でジオノは『気晴らしのない王様』を締めくくっているが、もちろんこれはパスカルの言葉である。草稿の段階では「誰だったろう？」の代わりに「パスカルである」とはっきりとパスカルの名前が記されているが、のちにジオノはそれを削除して、疑問形に書き直している。ジオノはかなり熱心にパスカルを読んだのではないかと私は考えている。いずれにしても、ここで問題になっているのは気晴らしである。

例えばサッカーや野球などのスポーツを観戦することを多くの人は好む。相当の金銭が必要なのに政府はオリンピック・パラリンピックを開催するのにありとあらゆる精力を注ぎこむ。こうしたスポーツと多くの共通点を持っているのが戦争である。戦争は国と国の戦いであり、政治家は相手の国が自分の国に対して不法な行動に出ていると広く国民に訴える。スポーツ観戦でひいきのチームを応援するのと同じような気持で、私たちは自分の国の味方になる。あのようなよこしまな行動をする隣国は許せない。隣国を叩き潰すのは正義の戦いであるなどという政府の主張に、私たちは易々と同意してしまう傾向にある。ここから戦争が始まる。いったん始まってしまった戦争は、最高司令官以外の者には、もうその勢いを止めることはできない。戦争を終息させることができるのは完璧な敗北あるいは完璧な勝利だけであろう。完璧に終わったように見えても、それでもやはり、新たな戦争が芽生えてくるであろう。
政治家たちは、すぐ調子に乗ってしまう国民のこうした感情を熟知しているようだ。「戦争はいつでも、老人や資本家や政治家によって構想され、準備され、その幕を切って落とされる。つまり、自分が失ってしまった男らしさを後悔している男たちによって戦争が行われるのは明白な事実なのである。戦争を説明するための、それ以外の一見したところ高尚な動機はすべて付随的なものにすぎない。本当の動機、それは楽しむことにある。指揮権力の所有を楽しみ、邪魔するもののない全面的な支配を楽しむことにあるのだ。その楽しみは、自分の力を喪失してしまった老人の凄まじくもあり不条理でもある快楽へと発展していく。老人は国家のありとあらゆる権力を操作することができるだけでなく、そうした権力のすべてを思うがままに自分に奉仕させることさえできるようになる。」(三三頁)指揮官たちは、スポーツの監督をつとめるような具合に、戦争を操作し、選ばれた者だけに許されている格別の楽しみにふける。
ありとあらゆる策略を弄して政府は若者たちを戦争に駆り立てようとする。そして、それは現在にいたるまでほとんど常に成功してきている。「戦争は平和を保護し、平和を構築し、君たちの自由を構築し、君たちの青春を構築する。戦争の冒険を体験することは、平和を目指すための冒険を準備することである。あらゆることが戦争の冒険の向こうで君たちを待っている。」(三五)
若者は一時的には興奮し、戦争の意義を認めるかもしれない。しかし、参加した戦争が長引くにつれて、こんなはずではなかったということが次第に明らかになってくる。しかも、いったん始めてしまった戦争を若者が自分の力で中断することなどとてもできない。戦争はその深刻の度合いを深めるばかりである。戦争の深みにはまってしまうと、若者は自分の力でそこから脱出することなどとてもできない。そして、守ろうとしていたはずの正義や自由はいよいよ遠ざかってしまう。戦争に参加するということは、戦争を指揮している者たちに対する絶対的な服従を受け入れるということでしかないからである。このあと、戦争に参加してしまっており、自由を剥奪されている兵士にとって、自由を取り戻すことなど夢のまた夢だということをジオノは力説している(三五―三六頁参照)。

しかも、ジャーナリズムが政府の味方をする。このことは過去の戦争中、新聞やラジオがどのような情報を流してきたかということを少し考えてみるだけで充分に明らかな事実である。味方の飛行機がたくさん撃ち落とされ、敵機はわずか二機しか落とさなくても、都合の悪い事は黙殺し、撃退した二機についてのみ大袈裟に報道するというやり方である。「敵方の野営地の兵士たちは、生きていてももう死んでいるのも同然である。しかし、私たちの死者たちは、死んでいるにもかかわらず、ずっと生き続けていたりするのである。死者たちよ、立ち上がるのだ！　こう声をかけると、彼らは起き上がる。素晴らしい勇気だ！　兵士は国家のなかでもっとも高潔な人間の典型である。」(二九頁)ジャーナリストたちの美文調の記事は国民を鼓舞し扇動し、時には酔わせる。そして国民のすべてが好戦的になっていく。

新聞は、兵士たちの素晴らしい戦いぶりを書き立てる。すべての兵士が軍神のように勇気を奮い立たせて獅子奮迅の大活躍をしてみせるのだ。「偉大な騎士の魂を持っている私たちは、寡婦や孤児たちの守護神となる。聖人でもある。ステンドグラスに描かれている聖人同様の存在になる！それ以上だ！　聖人をも凌駕する存在になってしまう！」（二九頁）ところが、事実はそんなものではない。とらえられた反乱者が助けを求めていても、誰も駆けつけることもできないのである。ジオノは自分が卑劣漢に成り下がってしまっているのを自覚させられたと記している。処刑を前にして救いを求め声を出している兵士たちを助けにいけないばかりか、あれは誰かが酔っ払って騒いでいるなどと言ってごまかしていたのであった（三〇頁参照）。「銃殺刑用の杜、紐、目隠しの布」（三〇頁）を示されると、青年の持っていたはずの勇気や希望や正義感やプライドがすべて一挙に叩きのめされてしまうのである。

こういう風に、戦争に従事している兵士と、戦争をはるか遠くで見ている一般国民とのあいだにはとんでもなく高くて分厚い壁が存在する。政治家は、戦争の実情をまったく知らなくても、平然と次のような言葉を述べるとジオノは書いている。「お互いに見事に連帯しあい、自分たちの義務遂行のために、死にいたるまで一致協力していた。理想に奉仕した彼ら［兵士たち］は、英雄の簡素さを体現しながら死亡した！」（三九頁）

政治家のこのような発言にいかなる感情もこめられていないのは、私たちが総理大臣やそれぞれの大臣の発言を聞くことによって日常的に経験していることである。「大臣殿、あなたはこういうことについて何を知っているのでしょうか？　彼らに死が訪れたのは、あなたからはるか遠く離れたところだった。あなたは習慣としていつでも虚ろな言葉を使って話している。その言葉は何の意味も持っていない。そこには慈悲も、偉大さも、責任感も、良識も、理性も、ひらめきさえも感じられない。あなたはいつでも同じ表現を使うが、それはこれまですでに何度も繰り返されてきた表現である。」(三九頁)政府のお偉方に対してジオノは心底から怒りをあらわにしている。戦争を引き起こし、多くの若者が死んでいっても平気でいられるのだから、嘘ぐらい平然と口にするのは何ともない芸当であろう。しかし、ジオノは戦争に関わる政治家たちの真実をあばきたてる必要がある。

「犬が兄弟たちを助けるために血液を提供する」(三九頁)と題された新聞記事をジオノは引き合いに出し、犬が兄弟の犬たちを助けるために献身的に採血に応じていると新聞は報じているが、その犬の本心は誰にも分からない。「彼ら[政府の男たち]のなかに、生きるということがどういうことなのか実際に知っているような人物がひとりでもいるだろうか？　あなたの心配事を共有してくれるような人物がひとりでもいるだろうか？」(四一―四二頁)このあと、政府高官が庶民の生活にはまったく関心を持っていないことが詳述される(四二頁参照)。政治家だって、若い頃は理想に燃えていたにちがいない。ところが、名声を掌中にし富を築いていくと、人間は変わってしまうのである。

政治家たちは、国民を使って戦争をするだけで、自分たちが戦場に出向いて戦うわけではない。彼らはいわばエリートなので、庶民の日常生活における楽しみや悲しみ、庶民の生き甲斐など理解している者はひとりもいないとジオノは断言している。戦争にとられた息子を亡くする親の気持が分かるのかとジオノは問いかけている。戦死した息子の葬儀はフランス全土のあちこちで執り行われているのである。しかも死体が返ってこない葬儀まである。そうした一例をジオノは『大群』で描いていた。母親のフェリシは悲痛な叫び声をあげていた。「ああ！　可愛そうなアルチュール！」フェリシは叫ぶ。「私がお前を見ることはもう絶対にないだろう。お前はあの世に行ってしまった。お前に触れることはもう絶対にないだろう。可愛そうなアルチュール。せめて私がそばにいて、お前の目を閉じてやることができたらよかったのに！」(5) 戦争のつけは庶民に限りなく重々しくのしかかってくる。

戦争は戦争しか産み出さない。これは言葉の綾ではない。平和を産み出すのは平和的な行動だけである。つまり、世界に平和や秩序をもたらすには平和主義者になる以外の方法はない。平和主義のみが平和を産み出すことができる。戦争が戦争しか産み出さないように、平和主義は平和を産み出す。このきわめて単純な理屈が理解できない人はいないであろう。

ただし、誰にでも理解できることだが、平和主義を貫くには多大の危険がある。平和主義を貫く人が少ないだけに、それだけ一層、大多数の人々から敵視されたりする。しかし、そこにしか平和への道はないということも自明の理である。ごく単純に、人間的なもの、自然なものを希求しようという行為ほど大切なものはない。戦争はもう嫌だと言って反抗した兵士たちは、そんな無謀なことを主張するに足る立派な動機があったわけではなかった。「立派な動機があるわけではなかった。戦争に反対したわけでもなく、大地に平和をもたらしたいと思ったわけでもないし、ましてや秩序を取り戻そうなどという立派な言葉を使ったわけでもなかった。ただたんに、自分の手のなかで排泄したり、自分の尿を飲んだりすることにはもう耐えられなかっただけである。それはきわめて単純なことだ。軍隊の奥底で、兵士のひとりひとりが耐えがたい不浄に触れざるをえなかったからである。」（一九―二〇頁）

　別の言葉でジオノはこんな風にも表現している。「私たちがパリに行かなかったのは、森のなかにいると、自分たちに何が欠如しているかということがただちに分かったからである。何故私たちが反抗したかということや、私たち全員がきわめて自然の成り行きでいわゆる義務にもまして好んだものは何だったのかということや、何故私たちが戦列に加わることを拒絶したのかということなどを考え合わせてみると、私たちに欠如していたのは森林や、生命や、樹木や、草や、木陰だったということが一挙に見えてきたのだった。」（二〇―二一頁）

　兵士たちに欠如していた、こうしたものをジオノは「純粋さ」と名付ける。誰かが私たちのために作ってくれたもの、人工的な汚れをたっぷり含んでいるもの、そうした手垢のついたものを振り払うと同時に、私たちは「森林や、生命や、樹木や、草や、木陰」を目指して自分の精神を集中させていくという方向に向かいたいものだ。「ああ！　私たちはいかほど純粋さを必要としていることだろう！　生命よりもいっそう激しいもの、それが純粋さである。私たちが純粋な空気、純粋な水と言うとき、どれほど大きな喜びが感じられることだろう。空気そのものや水そのものにまして、私たちの内面において何かをしたいという欲求を呼び覚ますのはこの純粋さである。」(四三頁)

平和主義者は、捕らえられ銃殺される可能性がある。しかし、彼らを銃殺するプロの戦闘員は、死を前にして泣きわめきもしないし助命を嘆願することもない、この断固とした男を怖がる。そのような人間をこれまで一度も見たことがないからである。平和とは、このような平和主義者ひとりひとりの英雄的な行動によってのみ達成されるのである(四五頁参照)。これがジオノが思い描く平和主義者の姿である。戦争中の自分自身の姿がそこに反映されているのは間違いないであろう。

こうした態度を、第二次大戦の前から、貫いたために、ジオノは投獄されたり、かつては仲間だったはずの男たちから誹謗中傷されたりした。出版社のブラックリストに載せられて、数年の間、出版できないという苦境も舐めざるをえなかった。ジオノは沈黙を守り、一時期は出版のあてもない文筆業に専念するしかなかった。小説家にできること、それは物語を書き続けることである。ジオノにとっては、執筆することだけが平和主義者であり続ける唯一の行動だったのである。

『服従の拒絶』

「私は忘れることができない」

この『服従の拒絶』は五つの章で構成されている。二章から五章までは、ジオノも述べているように、『大群』に入りきらなかった戦争の場面で構成されている。本書では反戦的な文書として第一章の「私は忘れることはできない」だけ取り上げて、あとの四章は割愛する。

『純粋の探究』は一九三九年に発表されたが、この『服従の拒絶』はそれより二年前、つまり一九三七年に発表されている。『純粋の探究』の凝縮した緊迫感にあふれる文章に比べると、戦争を嫌悪するジオノの肉声が伝わってくるように感じられるのがこの『服従の拒絶』の特長であろう。

戦争が終わってすでに二十年が経過しているというのに、ジオノは戦争を忘れることができない。戦争を思い起こすと同時に、ジオノは自宅の庭から見えている平和な平原を喚起している。マノスク郊外のこのような穏やかな光景のなかからでも、ふたたび国家が戦争に突っ走っていく可能性をジオノは思いやっているのである。「私は戦争を忘れることができない。戦争は忘れたい。時として二日か三日のあいだ戦争のことを考えないこともあるが、そのあと急に戦争を思い起こし、戦争を感じ、戦争の物音が聞こえてきて、ふたたび戦争を耐え忍ぶようになってしまう。そして私は恐怖を覚える。今宵は七月の美しい一日の終わりのひと時である。私の眼下に広がる平原はすっかり赤茶けている。間もなく小麦の刈り取りが始まるだろう。大気と空と大地は不動で静かである。あれから二十年が過ぎ去った。そしてこの二十年来、ずっと生きてきた私はさまざまな苦しみや幸せを体験してきたが、戦争をきれいさっぱりと洗い流すことはできない。あの四年間の恐怖は相変わらず私の身体のなかにある。私は戦争の刻印を持ち運んでいる。戦争の生き残りたちはみな戦争の刻印を押されている。」(五〇―五一頁)

ジオノは自分が戦争に参加したことを「恥じてはいない」(五二頁)が、臆病だったので、脱走する勇気もなかったし、「攻撃には参加しない」(五三頁)と言う勇気もなかったと反省している。いずれの場合も、脱走者や反逆者という罪を着せられ即座に射殺されるであろう。生き延びるには、戦争を受け入れているような態度を取るしか仕方なかったのであった。

それにしても、大人たちは二十歳そこそこの青年たちを言葉巧みに騙してきたものだとジオノは怒りを抑えることができない様子である。「年齢を重ねている彼らは、人生の機微に通じ、狡猾さにも通じており、二十歳の青年に採血を受け入れさせるにはどう言ったらいいのかということを完璧に知っていたのである。そういう大人としては、まず教師が、第六学年のクラス以来私を教えたすべての教師がいた。さらにフランス共和国の行政官たち、大臣たち、総動員のビラに署名した大統領、その他、二十歳の子どもたちの血液を利用することに何らかの関心を抱いていたすべての大人たちである。」(五三頁)

作家として活動を始めて十年近くになるジオノは、同業者たちで戦争を煽り立てた者たちを許すことができない。彼らの本を読んだために正常な判断を下せなかったということをジオノは思い起こしている。「こうした作家たちは私の人間性が物を言うのを遅らせた。人間性を発揮して私が有益な行為を行うことができたかもしれない時に、その人間性が私の内部で成熟するのを彼らが阻害したという事情を振り返ると、私は彼らを恨みに思っている。」(五四頁)

どこの国にも、政府の政策の正当さを称揚して止まない御用作家たちはいる。御用学者や御用科学者さらに御用教育者までいる。世の中、政府にお追従を振りまく人間で溢れかえってしまうのが、戦争という大事件が勃発している時の、いつも変わることのない現象である。福島の原発が爆発した時、あれは大したことはありません、原発は日本にとってこの上なく有用なものですよ、などと滔々と説明していた御用学者を私は、ジオノと同様に、忘れることができない。

戦争が目前に迫ってきているにもかかわらず、自然界はいつも通りの営みを静かに続けている。自宅から眺めることのできる平和な田園風景をジオノはふたたび描写する。「今日の夕べは、我が家の庭のテラスの足元からデュランス河まで一気に広がっていくこの広大な平原をじっくり眺めることにしよう。一日中支配していた夏が小麦の上に重くのしかかっている。熱気には小麦粉の匂いがまじっている。これで二十年になる。この二十年のあいだ、大地の上で行われる小麦の収穫や葡萄の取り入れ、樹木の葉叢の形成が、さらに私の身体のなかの収穫や取り入れや葉叢の形成などが、次々と起こるのを私は目撃してきた。これで二十年もの年月が経過した。しかし、私は忘れることができなかった！」（五四頁）

さらにこのあとでももう一度、ジオノは「大地は穏やかにパンを作っている」（六六頁）と小麦畑の光景を思い起こしている。この平穏な光景にジオノが愛着を示し、こだわっていることが読み取れる。しかしながら、いったん戦争が勃発するとこの平和な光景も一挙に蹴散らされてしまう。ふたたびジオノは戦争のことを考えていく。「戦争の愚劣さ」（五五頁）を嫌悪していたとジオノは書いているが、これは『純粋の探究』において、砲弾を避けるために穴のなかに避難していた場面（一六

―一九頁参照）や三千人の兵士たちが反乱を起こした場面（一九―三一頁参照）で詳述されていた。戦争に対する嫌悪感を、作家になったジオノは自作で表明するようになっていく（五七頁参照）。ジオノが書いたことに賛同してくれる友人たちがいた。しかし、翌日になると、彼らは自分たちの会社に出かけて働かなくてはならない。そうすることによって、社会に、国家に奉仕することになるのだ。資本主義国家は、人間を温かい血の通った存在と見なしているわけではなく、「人間の生命を資本生産のまさしく第一の素材だと見なしている」（六一頁）のである。国家にとって都合のいいように利用できるのが人間だとジオノは言っている。（六一頁参照）

女性たちの出産を補助し、子供たちに教育を提供しているのも、すべて後ほど有効に子供たちを利用するためだとジオノは指摘する。「戦争は天変地異ではない。戦争は政府が採用するひとつの手段である。資本主義の国家は、私たちが幸福と呼んでいるものを追究する人間を認めない。その特性がありのままの人間であるような人間、肉と骨でできている人間、こうした人間を国家は認めない。」（六二頁）

こうした国家に対して何をしたらいいのかという大きな問題がある。「それは反乱を起こすことである」（六五頁）と明確にジオノは書いている。しかしながら、国家に対して反乱を計画するには相当な覚悟が必要である。純粋を追究した平和主義者が射殺される（四四―四六頁参照）ようにそれはじつに危険な企てになるであろう。

ジオノは戦争に関わる問題点を列挙してきた。それはジオノ自身が答えるためではなく、読者の各人が自らにふさわしい答えを見出すためであるとジオノは記している。「私が問題を提示しているのは、その問題に対して私自身が答えるためではない。みなさんの一人ひとりに自分で答えを見つけてほしいので、私は問題を提示しているのである。」(六四頁)人間が生きていくのに必要な豊かさや喜びがきわめて個人的なものであったように、私たちの取るべき態度も各人に応じて微妙に異なったものになるであろう。ただし、いずれの態度を選ぶとしても相当の覚悟が必要だということは明白である。

『ドミニシ事件覚書』および『人間の性格についての試論』

『ドミニシ事件覚書』概観

『ドミニシ事件覚書』は、殺人事件の犯人として死刑を宣告されることになった農民ガストン・ドミニシの裁判を傍聴したジオノが、判決が出た直後に発表した文章である。判決の数年後、捜査不充分、審議不充分という理由で、大統領による恩赦を受けた被告人は釈放されることになった。ジオノの作品が効果的に作用したかどうかということはどこにも明言されていないが、何らかの効果はあったものと推定される。と言うより、ジオノの著作に刺激された捜査当局は大いに反省し、事件を再検討するきっかけになったのではないかと私は想像している。この事件の審議は、ジオノが指摘しているように、きわめて不充分で浅薄なものであった。もうこのあたりで判決を下すことにしようという提案が陪審員たちから提出されたが、それは農繁期が迫ってきているからという驚くべき理由によるものであった。

しかし、陪審員たちがそう言うのももっともで、明白な証拠はカービン銃の他には何もなく、審議は堂々めぐりの様相を呈していた。いくら時間をかけて審議しても、確固たる証拠は何も出てこないのは明白だった。しかも、犯人の可能性大として検挙されていた被告人の証言は一貫していなかった。被告人の息子たちの証言も、裁判長や陪審員たちに悪い印象を与えるばかりであった。その結果、陪審員たちは被告人が有罪であるという確固とした心理的印象を持っていた。そしてその印象に従って死刑の判決が下されたのである。

ところで、被告人は恩赦を受けることはできたが、有罪を取り消す、つまり無罪であるとは通告されていない。だから孫のジャン(ギュスターヴの息子)が今でも再審を要求しているのである。しかし、フランス司法当局は沈黙を守り続けている。

ドミニシ事件

まずオート＝プロヴァンスの観光ガイドブックからドミニシ事件の項目を引用してみよう。「リュルスの麓を走る国道の傍らにキャンプしていたイギリス人の一家三人が一九五二年に殺害された。この事件は長期にわたってこの地方に大きな動揺を与えた。事件はきわめて不可思議な様相を呈し、被告人のガストン・ドミニシは、最初死刑を宣告されたが、最終的には一九六〇年に恩赦を与えられ、釈放された。このドラマがクロード・ベルナール＝オーベールの映画を生みだし、ジャン・ギャバンが主役を演じた。(6)」

リュルスはマノスクの十五キロばかり北にある丘の上の美しい村であるが、この事件はその丘の上の村ではなく、東側の麓を南北に走る街道の傍らで起こった。

第二次大戦後は社会的な行動を控えていたジオノは、ガリマール書店から依頼されたという事情も手伝って、「ドミニシ事件」の審問が行われたディーニュの裁判所に足を運び、ほとんどすべての審問をすぐ近く（裁判長のすぐうしろ、被告人から数メートルの距離、そのあと少し移動した）で見聞きし、その裁判の問題点を明快に指摘した。銀行に約十八年（第一次大戦に従軍していた足かけ五年も含む）勤務し、その地方の多くの住人たちと接触した経験を持ち、作家になってからも市民たちと気さくに交流していたジオノにしてはじめて可能な『覚書』だと評価することができる。

この殺人事件には物証がカービン銃しかなく、それ以外のすべてが謎に包まれていた。ガストン・ドミニシは自分が殺したといったん自白しながら、あとでそれを否認する。この自白そして否認は四回繰り返された。二男のギュスターヴは、父が犯人だといったん言っておきながら、のちになってあれは嘘だったと言う。そしてこのあと二度と父を告発することはない。長男クローヴィスは父が犯人だと言い続けるが、彼が嘘をついていないという保障はない。ガストンの孫ペランは絶えず嘘をつく。今度は本当のことを言います、と言いながら、嘘をつく。何故嘘をついたのかと訊かれても、分からないと答えるだけである。

ジオノはこの事件の特殊性を言葉の問題に求める。「言葉だ。私たちは言葉の訴訟に直面している。告発するためには、ここでは、言葉を使うしかない。言葉を秩序だててうまく並べる。弁護するのも同じことだ。最初の審問が中断されるとすぐに、次席検事のローザンに、私は自分が即座に理解した（彼もまた理解した）ことを語った。私たちはたがいに文法を全面的に誤解しあうという状況に置かれていると。」（七三頁）

誤解の実例として、ジオノは、審問が再開されてまもない次のようなやりとりを挙げている。

裁判長（被告人に対して）　あなたは橋のところに行きましたか？　（鉄道の橋のことを訊ねている。）

被告人　小道だって？　小道なんてありませんよ、そんなことは私には分かっています。私はそこにいたのです。

橋のところに行くとか、葡萄畑に行くとか、町に行くとかといったような場合に使う「行く」（aller、アレ）という動詞をまったく使うことのない被告は、aller という語を小道（allée、アレ）、木々の生えている小径（allée）のような名詞だと勘違いしている。そして彼は答える。「小道なんてありませんよ。そんなことは私には分かっていますよ。私はそこにいたのです」と。（七三―七四頁）

この場面を紹介したあと、ジオノは裁判の雰囲気を次のように描写している。起訴状は被告人ガストン・ドミニシが粗暴で残酷な人間であると指摘しているが、その指摘には根拠がまったくないにもかかわらず、粗暴で残酷な被告というイメージが独り歩きしてしまっている。捜査当局の狙い通りである。「起訴状は、こうして〈暴かれた〉被告人の性格を重視し、それを大いに利用している。ところで、被告人は、犯行の行われた日には、七十六歳だった。しかし、その七十六年間にわたって、被告は粗暴な行為も残酷な行為も行ったことは一度たりともないし、彼の激しい怒りの激発が見られたことも一度もないのであった。彼の不利になるような点を敢えて挙げるとすれば、ある日、彼は自分の飼い犬に石を投げたということくらいである。」(七五—七六頁)

被告人の残酷さを証明するために「他人の助けを借りずに、九回も、自分で妻に分娩させた」(七六頁)と裁判長は指摘する。「三回だけですよ」(七六頁)と被告人は答えている。

子供を分娩するために現在では産院に入院するのが通例になっているかもしれないが、当時(二十世紀前半)は自宅で子供を産むのはごく普通のことだったはずである。その際、介添人(助産婦)がいないということも、場合によっては、あったであろうと想像される。そのことで被告人を残酷だと非難するにはあたらないであろう。

そのあと、いくつかの問答が紹介されている。「あなたは興奮しやすい」、「あなたは粗野でがさつだ」、「怒りっぽい」、「傷つきやすい」、「エゴイストである」、「かなり法螺吹きだ」、「あなたはとても厳しい」等々の裁判長の質問に対してかなり珍妙な返答を被告人は繰り返している(七六—

七八頁参照)。

万事がこの調子である。質問とそれに対する答えが、大抵の場合、噛み合っていない。このあとにもじつに豊富な実例が引用されている(例えば八一―八二頁参照)。

私は小説家ジオノの観察眼を信頼したい。いくら犯罪現場のことを説明するようながされたとしても、実際には部屋のなかで眠っていたガストンはその現場を想像できない。「横になっていた」と答えるしかなすすべがないのである。しかしながら、殺人事件が問題になっているのだということに思いいたり、「殺人者に訊ねてください」と付け加えたというのが、ジオノの推測であり、正当な推論だと思われる。

フランス語の表現の問題もからみ、すべてを明快に説明するのはかなり難儀である。例えば八〇頁の文章についてひと言だけ付け加えておきたい。ガストンは「女性に対する慇懃さ、親切さ」(galanterie)という語が分からなかったし、「彼女で充分でしたか(彼女に満足していたか)?」と訊かれると、性的なことを連想してしまっているようだ。

以上のように、被告人と裁判長の言葉の応酬がほとんどの場面でちぐはぐなのである。言葉がかみ合っていない。珍問答の連続で、まるで漫才が演じられているような印象を私たちは受ける。ガストンのフランス語の語彙が極端に貧弱だったからである。

裁判の進め方にもジオノは苦言を呈している。

娘の推定死亡時刻については、最初に被害者たちの死体を鑑定した「老田舎医者」よりも、遺体を見ていないにもかかわらず、ディーニュ在住の評判の高い医師の意見が尊重される。また、前者が、汚水だめと茂みのあいだに大きな血痕があり、土のなかに三センチばかり浸透していたと重要な証言をしても、その証言は何故か無視され、その血痕がそれ以降問題にされることはいっさいない。老人とか田舎ということが裁判長や陪臣員たちに偏見を与えていたようだ。(一一三―一一五頁参照)

また、被告人が「私は善良なフランス人です(Je suis un bon Français)」と何度も繰り返すことにジオノは注目し、その地方の農民からそうした言葉を聞いたことが一度もないと断言している。裁判官がこの不可思議な言葉の背景を明らかにしようとしていたら、何か有益なことが見えてきたのではないだろうか、とジオノは指摘している(八六―八七頁参照)。のちほど被告の素性が明らかにされているが、このことと明らかに関連があるとジオノは考えているようだ。

ヴィクトル・ユゴーの『レ・ミゼラーブル』の最初の場面(ジャン・ヴァルジャンの窃盗の場面)をディーニュに設定したユゴーの天才を認めたあと、ジオノはガストンの誕生について簡潔に描写する。「ガストン・Dは、ピエモンテ出身だといわれている召使の私生児として(父親は不明)、現在彼が裁かれているこの裁判所の門番の小屋で生まれた。」(一一九頁)数々の苦労のあと、九人の子供と十六人の孫に恵まれたガストン・ドミニシは、今では大家族の長として君臨している。ジオノ自身、祖父が政治的事情でイタリアのピエモンテからフランスに亡命してきていただけに、複雑な心境だったにちがいない。ドミニシもジオノもイタリア系の名前である。

すでに、「これは言葉の訴訟」（七三頁）であるというジオノの第一印象を紹介したが、そのすぐあとでジオノはふたたび「私はこのことをもう一度繰り返しておきたい。これは言葉の訴訟である、と。いかなる意味においても、物質的な証拠は何もないのである。言葉以外には何もない。」（七四頁）と強調している。被告人の語彙がきわめて貧弱であるというのが根本的な問題であった。

ジオノは断言する。「被告には三十からせいぜい三十五の語彙力しかない。それ以上ではない。（審問の最中に彼が用いたあらゆる表現に基づいて、私は数えてみた。）ところが、裁判長、法院検事、検察官たちは何千もの言葉を駆使して自分の考えを表現することができるのである。」（一二〇―一二一頁）この見解をジオノはもう一度強調している（一三六頁参照）。

この裁判では言葉だけが問題であるという指摘から、必然的に次のような可能性が導きだされる。「二千語の単語を使いこなせる被告なら誰でも、この訴訟をほとんど無罪の状態で切り抜けることができたであろう。さらに、それに加えて、いくらか言葉の才能があり、話術に恵まれていさえすれば、無罪放免されるであろう。どのような自白をしてしまっていたとしても。／それらの自白は調書に正確に記録されているのだろうか、と私は訊ねてみた。もちろん、細心に、という答えであった。ただ、それらの自白はフランス語で記録されている。」（一二七頁）

ジオノの結論はこうである。「私はガストン・Dが有罪ではないと言っているわけではない。彼が有罪だということは証明されていないと指摘しているだけである。裁判長、陪臣員、裁判官、法院検事、検事、彼らの誠実さと公明正大さに疑問の余地はない。しかし彼らは被告人が有罪であるという確信を心のなかに持っている。彼らの心のなかの確信に私は納得するわけにはいかない、と言っているのである。」(一三六頁)

パリのような都会の住人にはとても理解できない、また地方に住んでいる者でさえも容易には想像できないような農民のありのままの姿を、ジオノは自らの物語のなかできわめて雄弁に描写してきた。『ドミニシ事件覚書』は、小説以外のジャンルにおいてもジオノが農民の真相を明らかにすることのできた、貴重な記録になっている。

ジオノはこの裁判傍聴記を詩的な文章で締めくくっている(一三八頁参照)。「二つの家族が出会う。一方は消え去り、他方は粉々に砕け散る」(一三八頁)とは、つまりイギリス人ドリュモン一家の三人は銃殺され、消え去ったのに対して、死刑を宣告されたドミニシ一家は、この裁判の後、死者が出たり、家から出ていく者がいたりして、それまでの温かい家庭は崩壊してしまったということである。この裁判をきっかけにしてすべてが粉砕され飛び散ってしまったという状況を表現している。

映画『事件』

映画『事件』は監督クロード・ベルナール＝オーベール、主演ジャン・ギャバンで一九七二年に制作され、日本でも「事件」のタイトルで一九九三年にテレビ(NHK-BS)で放映された。七二年、映画界からの引退が脳裏にちらついてもおかしくない六十九歳という老齢を迎えていたジャン・ギャバンは、この映画の企画をもちかけられたとき、自分が演じることになるオート＝プロヴァンスの老人(ガストン・ドミニシ)の殺人の動機がまったく理解できなかった。

はじめは何の興味も持てない事件ではあったが、ジオノの『ドミニシ事件覚書』の存在を知り、それを精読することにより、ギャバンは自らの役柄の意味を自覚していく。この間の事情をよく説明しているアンドレ・ブリュヌランの『ジャン・ギャバン』の一節を引用してみよう。「ジャンはその資料を入手し、注意深く読み進むうちに、だんだんとこの読み書きできない農夫の人間性に興味を持つようになる。被告となった老人の語る語彙は数少なかったが、その訴えには真実味があった。このジオノの記録はやがてジャンに農夫の無実を信じさせるにいたった。どう推理しても彼は家族を守るために自分を犠牲にしているのだとしか考えられないのである。ジャンはついに一般世論の感情に逆らってでも自らこの主人公を演じることによって被告の〈弁護〉に立とうと決心したのだった。[7]」

ジオノの『覚書』を熟読したギャバンがガストン・ドミニシの無罪を確信したことは容易に想像できる。ジオノが言葉の領域でこの裁判を描写したのを受けて、ギャバンは映画という領域でドミニシ事件の抱えている問題を見事に演技した。ギャバンがジオノを信用することができたのは、ギャバンの体内に脈打っていた農民の血をジオノが正しく把握しているという信頼感がまずあり、言葉に対する冷静で説得的な推論に同意しないわけにはいかなかったからであろうと考えられる。ギャバンは映画の興行成績は無視しても、農民の真実とでもいったものを表現したかったにちがいない。ジオノのひそかではあるが確信に満ちたメッセージを、ギャバンがしっかり受け止めたのである。

この映画には、それまでの映画に見られていたギャバンの「かっこよさ」は影をひそめ、意固地な農民のだらしなさが全面的にあらわれている。時おりきざなことを言ったりするが、大体において言うことがちぐはぐで、しかし物欲だけはしっかりと持っているという農民の現実的な姿がギャバンによって見事に演じられている。大地に縛りつけられている農民の真実がそこにうかがえる。殺人事件は重要だが、鉄道の軌道を土で覆ってしまった地崩れや密漁といった話題の方が彼らにとってはいっそう現実的な意味を持っていることが、映画を通じても了解できる。土砂崩れのために賠償金を払う必要があるかもしれないし、密猟も見つかれば罰金を要求されるからである。そのようなことを考えている農民の役柄を、それまでの映画とは異なった意味において、ギャバンは画期的な名演技で演じきったと評価できる。

その後の経緯

一九六〇年七月十六日、大統領ドゴールから恩赦を受けて出獄した二日後、ガストン・ドミニシはさっそく、次のような文章ではじまる大統領あての手紙で再審を要求している。「あなたのご高配によりなにとぞ私の訴訟の再審を実現していただきますようお願いいたします。／大統領様、私が永遠の平和のなかで永眠する前に、みんなの目の前に私の無罪を明白な事実にしていただきますよう、なにとぞ私をお助けください。(8)」

第二次大戦中から父親ガストンと仲が悪くなっていた長男クローヴィスは、父親が殺人者だと告発した。十四歳年下の二男のギュスターヴはクローヴィスをほとんど父のように慕っていた。そのギュスターヴは、クローヴィスにならって最初は父の罪を告発したが、公判中に「あれは嘘だった」と態度をひるがえした。

クローヴィスは父親告発という事実の重みと過度のアルコール依存に押し潰されるようにして、一九五九年に死亡する。ギュスターヴの息子アランによると、ギュスターヴは一九五四年以降寡黙になったという。彼の優柔不断に業を煮やした妻イヴェットは彼と離婚してしまう。彼女は息子のアランが一家の汚名を晴らしてくれることを期待した。ギュスターヴは一九九六年に息を引き取り、アランが大統領あてにこの事件の再審を要求する公開書簡を発表したのは二〇〇三年のことである。事件からすでに半世紀以上が経過した現在、この事件の真相が明らかになる日が遠くないことを訳者は願っている。

そこまでたどり着くにはウィリアム・レイモンの綿密な調査が必要不可欠であった。ここでは、ガストン・ドミニシの無実を証明するためのウィリアム・レイモンの著作『ドミニシは無罪、殺人者は分かっている(9)』を検討する余裕はないが、最低限言っておきたいのは、この著作のなかで、真犯人がはっきりと特定されており、また別件で逮捕された犯人たちも自分たちの犯行を認めているということである。犯行にいたるまでの五人の国際的犯人グループの足跡まで綿密に調査解明されている。つまり、そこでは事件の全貌が明らかにされているのである。

付言しておくと、ピエール・ブトロン監督、ミシェル・セロー主演で新しい『ドミニシ事件[10]』がテレビ映画として発表された。二〇〇六年にNHK‐BS放送で二夜にわたって放映されたこの映画の日本版のタイトルは「世紀の冤罪　ドミニシ事件」である。二部構成で、合計三時間二十五分に及ぶこの大作は、上記のウィリアム・レイモンの著書に基づいて制作されており、犯人をはっきりと特定している。ガストン・ドミニシが犯人でないのは当然で、ドミニシ一家の誰も犯行とは何の関係もないということが明らかにされている。誰にも予想できなかった驚くべき犯行の事実が提示されていると同時に、フランスの司法当局の呆れるばかりの無能、怠慢ぶりが告発されている。この事件を解明する上でも、ウィリアム・レイモンの上記著作を援護してあまりある画期的な労作である。なお、ウイリアム・レイモンは、「ドミニシ事件」は存在しなかった、あったのは「ドゥリュモン事件[11]」だけであると書いているということを紹介しておきたい。

つまり、父親を告発した長男のクローヴィスも、父親をいったん告発したがのちにそれを撤回したギュスターヴも、嘘をつくことしかできないペラン青年も、さらに被告のガストンも、どうも嘘をつくという気質を共有した家族かもしれないとジオノが指摘していたことが、見事に当たっていたことになる。その文章を引用しておこう。「この気質は、嘘をつくギュスターヴの、そしてクローヴィスの、また家族全員の気質でもある。／何故、彼ら全員の父親である被告も同じ気質を持っていないなどと言うことができるだろうか？」（一〇五頁）

結局のところ、長期間にわたり警察や裁判所はこの一家の出まかせの嘘に翻弄されていたということになる。ドミニシ一家の誰もが、この事件とまったく何の関りもなかったのである。彼らが殺人事件の現場のすぐそばで暮らしていたがゆえに降りかかってきた大きな災難であった。ジオノもこの間の事情を奇妙きわまりないものだと指摘している（一〇五―一〇六頁参照）。捜査はそれほど難しかったのであろう。何しろ、一丁のカービン銃と「親爺が犯人だ」というクローヴィスの証言だけを頼りにして行われた、根拠が薄弱きわまりない裁判だったのである。

『人間の性格についての試論』

この作品においてジオノは「ドミニシ事件」の裁判で訊問を受けたり証言をしたりしたこの地方の住人たちの性格を解明することを目指している。

まずジオノは、この土地の住民の生活や信条について詳しく知っている理由を述べている。一九一一年から一九二九年までマノスクの銀行員として働いていたジオノは、とりわけ一九年から二九年までその銀行の外交員を勤めていた。「村から村へ、農場から農場へ、私は証券を預けていくという仕事に従事していた。私の仕事は、箪笥のなかの下着の山の下に隠されている金を預かり、それと交換に大きな書類を渡すというものだった。」(一四二頁)
銀行員だったジオノは、『丘』と『ボミューニュの男』を出版したあと、一九二九年に銀行を辞め作家として立とうと決心した。そして『二番草』、『大群』、『青い目のジャン』、『憐憫の孤独』、『蛇座』、『世界の歌』、『喜びは永遠に残る』という具合にきわめて順調に作品を発表していった。ジオノの作品には地元の農民や職人が登場する。「私が、こうした経験が結実したおかげで完成することができたとも形容できる最初の数冊の本を出版したとき、本の中で登場する〈私の農民たち〉は真実ではないと人々は言った。今となっては、私が描いた農民たちが真実であったということはみなが認めるところとなっている。」(一四三頁)ジオノの物語の作中人物たちは、当初は、地元の住人でさえその真実性を認められないほど現実に即していたのであった。時の経過とともに、ジオノの作中人物たちが生き生きとよみがえってくることになる。
人間の性格は住んでいる土地が山のなかであるか平地であるかということでも違ってくるし、その職業によって異なってくる。庭師と羊飼いとでは違っているし、同じ果樹園の主人といっても、栽培しているのが林檎とアーモンドでは、やはり、違ってくる(一四四頁参照)。
そしてまた、人々が一般的に抱いているプロヴァンス像は、大抵の場合、実際のプロヴァンスとは随分とかけ離れているのが普通であるとジオノは言う。「青い空、静かな海、太陽、蟬、優しい冗談、素敵で滑稽な人々」(一四四頁)などを期待して旅行者はプロヴァンスにやってくる。しかしこうした旅行者は「真実のものは何も見ることなく」(一四四頁)、表面的なプロヴァンスだけを見て満足して帰っていく。

ガストン・ドミニシの裁判が行われていたディーニュや、イギリス人親子が殺害された犯罪の現場リュルス、さらにジオノが生涯にわたって暮していたマノスクは、いずれもアルプ＝ドゥ＝オート＝プロヴァンス県に属しており、その県庁はディーニュにある。マノスクは県内最大の町で、現在の人口は約二万人である。このあたりは、マルセイユやアルルのプロヴァンスとは様相が相当に異なっている。ジオノはディーニュを次のように形容している。「ディーニュ。冬は寂しい町だ。晴れていても憂鬱な町である。山がそこまで迫っており、美しさというものがまったく欠如している。山が好きな者でさえ、秋に山が金色や紫色をまとっても、この町は好きになれない。他所では大きな身振りを見せるはずの風が、ここでは廊下で渦巻くだけである。音がそれほどすることのないいくつかの狭い谷が交差するところに、この町があるからだ。こんな光景を前にすると人は意気消沈してしまう。」(一一九頁)そして、ジオノは『レ・ミゼラーブル』の冒頭にディーニュを登場させるヴィクトール・ユゴーの天才ぶりを賞讃している。

ガストンがディーニュから移動して住んでいたブリュネは「斜面の中腹に雀蜂の巣のように築かれている」(一五五頁)ので、その村の家々はアッス川の流域からは見えない。住人たちは「物陰のなかに隠れる」(一五五頁)ようにして暮らしていたのである。ブリュネのあと彼はガナゴビへ移動することになるが、この間の事情をジオノは次のように説明している。「ブリュネからガナゴビに移動すること、それは孤独の段階をあがるということである。被告が羊の小さな群れの先頭に立ち、ブリュネの小さな家畜小屋から外に出ると、彼は必然的にヴァランソル高原に登っていく道を辿ることになる。牧草地があるのはそこなのだ。」（一六五頁）そして、被告が最終的に選んで住んでいたのはリュルスで、彼は自分の農園を「大きな、広い土地」という意味のグラン＝テールと名付けていた。

そして、殺人事件が起きた当時、被告はこのグラン＝テールに住んでいた。そのあたりから被告と子供たちとの齟齬が生じはじめたのであろうとジオノは類推している。「息子たちはブリュネやガナゴビの生活を楽しむなどというようなことはなかったであろう。何故万事が容易にできる平原の方に下っていかないのかとか、何故これほど野生的な地域に住み続けているのか、などと彼らは不思議に思ったにちがいない。」（一六八頁）

こうした事情の他に政治や政党の問題が加わり、さらに子供たちが結婚すれば、彼らはいっそう父親から離れていくであろう。それはドミニシ一家だけの問題ではなく、一般的に父親と子供たちの関係にあてはまるものである。そこで、父親を告発しつづけているクローヴィスのことをジオノは取り上げる。自分の考えはあくまで「仮定」（一七二頁）と断りながら。「彼がみんなの前で父親に対する告発を繰り返す」（一七二頁）姿を見ていると、「私にはどこか居心地の悪さが感じられる」（一七二頁）とジオノは指摘する。

もうひとりの息子ギュスターヴの一瞬の姿をとらえている写真について、ジオノは「並外れた写真」(一七三頁)、「審問に関わるあらゆる写真のなかでもっとも美しい写真」(一七三―一七四頁)と形容している。彼の前には母親が傍らには妻が、そして周囲には門外漢たちや守衛たちがいる。そうした人たちの表情が緊張しているなかにあって、彼の顔つきだけは別であるとジオノは言う。「彼は目を閉じており、顔はそむけている。フラッシュで目がくらんでいるわけではない。自分が背負っている十字架[重荷]で目がくらんでいるのだ。まさしく彼は〈私からこの苦難を遠ざけてくれ〉とこの瞬間に言っているのである。」(一七四頁)ギュスターヴにとって、父親は今でも父親という重みを持っている存在であった。ギュスターヴは今でも父親のことを「あなた」と敬意をこめて呼んでいるという事実にジオノは注目している。すでに親爺が殺人者であると嘘をついてしまったギュスターヴにとって、その告発は取り下げたとしても、この裁判はじつに辛い拷問のような体験であり、一刻も早くそこから解放されたかったのであろうとジオノは暗示している。

ジオノが描いている、被告人の妻の証言する場面は印象的である。被告人は彼女が証言する様子を食い入るように見守っている。「彼は身体を前かがみにして、彼女を見つめ、彼女を目で飲んでいるのである。しかも穏やかに。」(一八一―一八二頁)その彼女は彼を悪く言ったりすることはない。「彼は彼女にはつねにとても優しかったし、彼と暮らしてきて自分はとても幸せだったと彼女は断言する。」(一八二頁)

こうしてジオノは被告人と彼を取り巻く人々の性格について、彼らが暮らしている土地や社会との関りという側面から、その真実を明らかにしようと試みてきたが、目の前で行われてきた裁判に結論を下すつもりはないと断っている。しかし、ジオノの文章がさまざまな示唆に満ちあふれていることを否定することはできない。

家族はそれぞれ独自の問題を抱えながら暮らしている。ところが、ある事件がきっかけとなり、そうした軋轢が一挙に噴き出すことがある。ドミニシ事件の場合がまさそくそうした好例であろう。年齢の離れた兄弟と父親との軋みが、この事件に刺激されて一拠に増幅してしまった。さらに捜査当局は優しく被告人や兄弟たちを懐柔したのであろう。だから被告人は「自分がやった」と言い、兄弟はそれぞれ「父親が犯人だ」と言った。二男はそれをのちほど取り消すことになるが、捜査当局は被告人の自白と長男の告発を頼りにして裁判にあたった。カービン銃の他に物証が何もないこの裁判において、ドミニシ一家の人々は関係者のすべてを長期間にわたり翻弄しつづけたということになる。

*

本書の翻訳に際して利用したテクストは以下の通りである。
Jean Giono, *Recherche de la pureté*, Récits et essais, Pléiade, Gallimard, 1989, pp.633-656.

Jean Giono, *Recherche de la pureté*, Écrits pacifistes, folio 5674, Gallimard, 2015, pp.171-204.

Jean Giono, *Refus d'obéissance (Je ne peux pas oublier)*, Récits et essais, Pléiade, Gallimard, 1989, pp.257-270.

Jean Giono, *Refus d'obéissance (Je ne peux pas oublier)*, Écrits pacifistes, folio 5674, Gallimard, 2015, pp.9-29.

Jean Giono, *Notes sur l'affaire Dominici suivies de Essai sur le caractère des personnages*, Journal, poèmes, essais, Pléiade, Gallimard,1995, 671-729.

Jean Giono, *Notes sur l'affaire Dominici suivi de Essai sur le caractère des personnages*, folio, Gallimard, 4843, 2008.

なお、『純粋の探究』は、まずジオノの友人リュシアン・ジャックとの友情の証として『戦時の手帖』[12]の『序文』として発表された（一九三九年六月、「純粋の探究」というタイトルはなし）直後に、『純粋の探究』というタイトルをつけてガリマール社から出版されている（同年七月）。さらにベルナール・ビュフェの二十一点の挿絵（ドライポイント）とともに百六十部限定で出版された[13]（一九五三年）あと、「パシフィスト作品集」に、さらにプレイヤッド版の「物語とエッセー」集に収録されることになったという事情を付け加えておきたい。

本文の注は割注［……］としてすべて本文に組み込むことにした。

これまでのジオノ作品の場合と同様、今回もフランス語やフランス文化に関して訳者が理解しにくかったところについては、オート＝プロヴァンスの友人アンドレ・ロンバールさんの協力を仰いだ。オート＝プロヴァンスの事情に詳しいだけでなく、ジオノ文学への愛情と理解が尋常でないアンドレのおかげで、随分と安心して翻訳することができた。ありがとう。

すでに何冊もジオノの作品の翻訳出版を引き受けていただいている彩流社社長の河野和憲氏には、今回もまたこころよく出版していただいた。心から御礼申し上げます。ジオノ文学が多くの読者の共感を得るようになることを訳者は心から願っている。懇切丁寧な編集作業で訳者を支えてくださった編集部スタッフの皆様にも感謝の気持を明記しておきたい。

家内の直子には、今回も、複雑で多彩な内容のテクストの校正を手伝ってもらった。端から端まで丹念に検討してくれたおかげで、不注意な誤りを何か所も防ぐことができた。感謝の気持をあらわしておきたい。

私たちは退屈すると気晴らしを求める。国家は、まるで気晴らしに着手するように、ほぼ定期的に戦争を行い社会の活性化をはかる。戦争の必要性は、正義の戦争、自由の戦争、平和を求めるための戦争など時の政府や軍人によって巧みに理由付けられる。犠牲になるのは常に庶民であり若者である。いったん戦争が始まってしまうと、国民は際限のない服従を強いられる。正義を求めての戦争などと言われることもあるだろうが、それは言葉の矛盾である。戦争は戦争しか産み出さないからである。

証拠物件がほとんどない裁判を傍聴したジオノは、まともなフランス語を話せるなら、どんな被告人でも無罪をかちとることができるだろうと言う。その言葉の裁判を通して、ジオノは裁判長や捜査員たちがいかほど偏見に満ちあふれているかということを述べていく。ドミニシ一家の誰も事件とは何の関わりもなかったということが明白になっている現在でも、最初にこの裁判の問題点を鋭く指摘したジオノの功績は大きい。

山本　省

二〇二一年五月二十六日　信州松本にて

註

(1) ジャン・ジオノ『本当の豊かさ』、山本省訳、彩流社、二〇二〇年、二〇〇頁。
(2) 同書、九一―一〇頁。
(3) ブレーズ・パスカル『パンセ』(上下)、松浪信三郎訳、講談社文庫、一九七一年、断章一三六。なお、引用に際して若干語句を修正したところがあるのをお断りしておきたい。
(4) ジャン・ジオノ『気晴らしのない王様』、酒井由紀代訳、河出書房新社、一九九五年、二五四頁。
(5) ジャン・ジオノ『大群』、山本省訳、彩流社、二〇二一年、一〇四頁。
(6) Haute-Provence, Guides Gallimard, 2001, p.241.
(7) アンドレ・ブリュヌラン『ジャン・ギャバン』、清水馨訳、時事通信社、一九九五年、四六七頁。
(8) Alain Dominici, William Reymond, *Lettre ouverte pour la révision*, Flammarion, 2003, p.7.

（9）William Reymond, Préface d'Alain *Dominici, Dominici non coupable, Les assassins Retrouvés*, Flammarion, 1997.
（10）じつはジャン・ギャバン主演の映画のタイトルはごく単純に「事件」(L'affaire) であった。
（11）殺害されたのはドゥリュモン夫妻とその娘であった。
（12）Lucien Jacques, *Cahier de Moleskine*, Préface de Jean Giono, Gallimard, 1939. 正確には「モレスキーヌの手帖」だが、意を汲んで「戦時の手帖」と訳した。
（13）Édition illustrée de la *Recherche de la pureté*, Creuzevault, 1953.

【著者】ジャン・ジオノ(Jean Giono)

1895年-1970年。フランスの小説家。プロヴァンス地方マノスク生まれ。16歳で銀行員として働き始める。1914年、第一次世界大戦に出征。1929年、「牧神三部作」の第一作『丘』がアンドレ・ジッドに絶賛される。作家活動に専念し、『世界の歌』や『喜びは永遠に残る』などの傑作を発表する。第二次大戦では反戦活動を行う。1939年と1944年に投獄される。戦後の傑作として『気晴らしのない王様』、『屋根の上の軽騎兵』などがある。1953年に発表された『木を植えた男』は、ジオノ没後、20数か国語に翻訳された。世界的ベストセラーである。20数か国語に翻訳された。

【訳者】山本省(やまもと・さとる)

1946年兵庫県生まれ。1969年京都大学文学部卒業。1977年同大学院博士課程中退。フランス文学専攻。信州大学教養部、農学部、全学教育機構を経て、現在、信州大学名誉教授。主な著書には『天性の小説家　ジャン・ジオノ』、『ジオノ作品の舞台を訪ねて』など、主な訳書にはジオノ『木を植えた男』、『憐憫の孤独』、『ボミューニュの男』、『二番草』、『青い目のジャン』、『本当の豊かさ』、『大群』(以上彩流社)、『喜びは永遠に残る』、『世界の歌』(以上河出書房新社)、『丘』(岩波文庫)などがある。

純粋《じゅんすい》の探究《たんきゅう》

二〇二一年六月十日　初版第一刷

著者――ジャン・ジオノ
訳者――山本省
発行者――河野和憲
発行所――株式会社 彩流社
〒101-0051
東京都千代田区神田神保町3-10大行ビル6階
電話：03-3234-5931
ファックス：03-3234-5932
E-mail：sairyusha@sairyusha.co.jp
印刷――明和印刷(株)
製本――(株)村上製本所
装丁――中山銀士+金子暁仁

ISBN978-4-7791-2758-8 C0097

http://www.sairyusha.co.jp